Stephan Müller

Kelle, Keller, Kanapee

Geschichten aus dem Bayreuther Nachtleben

Wartberg Verlag

Bildnachweis
S. 4, 5, 10, 11, 12, 13 (oben), 15 (rechts), 21 (oben rechts), 24, 25 (links), 27, 30, 36 (oben links), 38, 44, 45, 46 (links), 50, 52, 53, 54, 58 (links), 59, 62, 65 (rechts), 67 (rechts), 68, 73 Stephan Müller; S. 6, 13 (unten), 25, 26, 41 (links), 43, 46 (rechts), 48, 56, 57, 58 (rechts), 67 (links), 76, 77 Archiv Bernd Mayer; S. 7, 8, 9 Gaby Roesner-Oliver; S. 14, 72 Michael „Magoo" Härtel; S. 15 (links), 18, 19, 20, 21, 23, 55, 64 oben (Sven Vater), 64 unten, 65, 69 Sven Lutz; S. 16, 17 Archiv Hartmut Junold, Pophistory Oberfranken; S. 29 Bayreuther Bier-Erlebnis-Welt GmbH; S. 31, 32, 33, 34 Jean-Michel Morand-Danrez; S. 35, 36 (oben rechts), 37 Hubert Grünbaum; S. 41 (Mitte und rechts) Rositta Grammozis; S. 60 Dieter Vater; S. 61 Archiv Rolf Kaul; S. 71 Wolfgang Fiebich.

Wir danken allen Lizenzträgern für die freundliche Abdruckgenehmigung. In Fällen, in denen es nicht gelang, Rechtsinhaber an Abbildungen zu ermitteln, bleiben Honoraransprüche gewahrt.

1. Auflage 2025

Layout und Satz: Christiane Zay, Passau
Druck: Druck- und Verlagshaus Thiele & Schwarz GmbH, Kassel
Buchbinderische Verarbeitung: Buchbinderei S. R. Büge, Celle

34281 Gudensberg-Gleichen, Im Wiesental 1
Telefon: 0 56 03-9 30 50
www.wartberg-verlag.de
ISBN 978-3-8313-3709-5

Inhalt

Einleitung 4

Milchpilz und Milchbar 6

Bayreuth geht eine Funzel auf 10

Treffpunkt war am Brunnen – Ein Kneipenrundgang 15

Florian, Gotts, Kanapee und Plectrum 18

Brauereigeschichten: Brauerei Gebr. Maisel Bayreuth 22

Marquis Salou und der nackte Ritt auf einem Schwein 24

Auf dem Keller und im Keller 29

Am Stadtrand: Von Heiners Hütte, durstigen Bahnfahrern, dem Weg nach Kamerun und einem verkaterten Komponisten 38

Stammtischgeschichten: Am Tisch der fröhlichen Rauscher 40

Sirtaki im Güterbahnhof 41

Die Festspielrestaurants 43

Bayreuth feiert! 49

Kneipe und Discoclub: Die Rosenau 53

Nachtlokal: Der Eck-Schoberth 56

Altbayreuther Bierhistorie, neu belebt 57

Durch die Altstadt 59

Durch St. Georgen und die Hammerstatt 62

Stammtischgeschichten: Die zwölf Apostel im Bauernwärtla 63

Stammtischgeschichten: Das Skelett im Braunbierhaus 63

Gassenviertel und Bermuda-Dreieck 64

Francesco Marino: Vom Pizzaservice zum Großgastronom 66

Brauereigeschichten: Becher Bräu Bayreuth 68

Dušan und die Holländer-Stuben 69

Mit Wolfgang Fiebich in der Hängematte 71

Stammtischgeschichten: Beim Pütterich am Marktplatz 72

Das Kneipenfestival 73

Kneipenbummel durch die Stadtgeschichte 74

Einleitung

„Weißt du noch, ...?", so beginnen die meisten Geschichten aus dem Nachtleben. Viele der Kneipen, Bars und Wirtshäuser, in denen sie sich zugetragen haben, gibt es nicht mehr. Die „Funzel" zum Beispiel, in der eine riesige Küchenkelle mit explosiven Getränken kreiste. Die „Palette", in der junge Männer von der älteren Wirtin mit dem gefürchteten feuchten Schmatz begrüßt wurden. Die „Rosenau", die abgebrannt ist. Das „Old Baily", dessen Chef auf Korsika erschossen wurde. Der „Eck-Schobert", wo die Musikbox durch einen zwei Meter großen Schlachthofmitarbeiter aus dem Fenster geworfen wurde. Und natürlich die „Galerie" des Marquis Salou, in der sich höchst seltsame Dinge zugetragen haben. Dinge, die sich die Bayreuther mit einem schelmischen Grinsen erzählen: „Weißt du noch, ...?"

Was ich noch haargenau weiß, ist mein erster Discobesuch mit 15 ½ Jahren, der am 12. Mai 1981 um 21.15 Uhr endete! Er wurde dankenswerterweise vom städtischen Jugendamt protokolliert und freundlicherweise direkt an meine Eltern zugestellt ... Kampferprobt von den Jugend-Discos im „Studio3-Club" und den Schul-Disco-Abenden in GCE, R 2 und WWG, fühlten wir uns durchaus erwachsen genug, um nach der Tanzstunde beim Strömsdörfer in der Richard-Wagner-Straße ins „Max 30" zu gehen. Der Disco-Besuch wurde jäh gestoppt, dem Jugendschutz sei Dank. Das ist inzwischen verjährt und hatte auch damals, abgesehen von einem Zusammenschiss, kaum Konsequenzen, weil meine Mutter den Brief vor meinem Vater aus dem Briefkasten geholt hatte. Somit kann die Mitteilung von Herrn Grätz vom Jugendamt auch veröffentlicht werden. Später hieß das „Max 30“ dann „Crazy Elephant“ und wir durften auch rein.

Dieses Buch ist kein Kneipenführer. Natürlich auch, weil es in Franken (eigentlich) keine „Kneipen“ gibt, sondern „Wirtshäuser“. Es soll an Wirtshäuser, Discotheken und Clubs, an Wirte und Wirtinnen, an Persönlichkeiten und besondere Begebenheiten erinnern. Und vielleicht fühlt sich der eine oder die andere animiert, hinter vorgehaltener Hand, begleitet von einem wissenden Grinsen, zu erzählen: „Weißt du noch, ...?“

Gegenstand oder 25-1
Gesetz zum Schutze der Jugend in der Öffentlichkeit (JÖSchG)

Jugendschutzkontrolle:

am (Datum), Uhrzeit	Ort/Lokal	
15.4.1981, 21.15.Uhr	Tanzlokal "Max 30" Bayreuth, Maxstraße 3o	
Name, Vorname, Geb. Datum: M ü l l e r , Stefan, geb. 22.11.1965		
Anschrift: wie oben		Verstoß gegen: §§ 4 JÖSchG

Sehr geehrte Familie Müller!

Das Stadtjugendamt Bayreuth möchte Sie als verantwortlichen Erziehungsberechtigten von diesem Sachverhalt in Kenntnis setzen, damit Sie durch geeignete erzieherische Einflußnahme sicherstellen, daß es künftig nicht zu weiteren Verstößen gegen die gesetzlichen Bestimmungen des Gesetzes zum Schutzeder Jugend in der Öffentlichkeit kommt.

In diesem Zusammenhang darf darauf hingewiesen werden, daß nach § 2 JÖSchG Kindern und Jugendlichen unter 16 Jahren der Aufenthalt in Gaststätten nur gestattet ist, wenn ein Erziehungsberechtigter sie begleitet.
Kindern und Jugendlichen unter 16 Jahren ist die Anwesenheit bei öffentlichen Tanzveranstaltungen nicht erlaubt. Jugendliche von 16 Jahren und darüber dürfen bis 24.00 Uhr anwesend sein, ab 22.00 Uhr jedoch nur in der Begleitung eines Erziehungsberechtigten (§ 4 JÖSchG).
Darüber hinaus dürfen in Gaststätten und Verkaufsstellen an Kinder und Jugendliche unter 18 Jahren Branntwein und über-

Milchpilz und Milchbar

Ein großer Rummel herrschte im Mai 1952 am Luitpoldplatz. Dort wurde der „Milchpilz“ aufgestellt. Als „der erste und bisher einzige seiner Art im ganzen Bundesgebiet“, wie das „Bayreuther Tagblatt“ berichtete, aufgestellt von der Firma Waldner aus Wangen im Allgäu als Anreiz „zur Steigerung des Milchverbrauchs“.

Der städtische Milchhof stellte ihn als Attraktion zu einer Tagung des „Verbandes großstädtischer Milchversorgungsbetriebe“ vom 10.–17. Mai 1952 auf. Aufgrund des riesigen Publikumserfolges entschloss sich der Milchhof, das „Milchhäusla“ über diese eine Woche hinaus am Luitpoldplatz stehen zu lassen. Die Fränkische Presse berichtete, dass „Bayreuth von einem Milchtaumel erfasst“ wurde: „Seit einer Woche zieht er Jung und Alt, Groß und Klein in seinen Bann.“ Damit eckte der Milchhof jedoch bei der Stadtverwaltung an, die hart blieb und den Abbau forderte. Der Milchpilz entspräche „in seiner Aufmachung nicht dem Stadtbild“. Der kleine Kiosk steht noch heute am Rande eines Parks in Regensburg und beherbergt ein kleines Stehcafé.

Der Milchpilz am Luitpoldplatz. Er dient heute in Regensburg als kleines Stehcafé.

Im September 1962 wurde eine zweite Milchbar am Luitpoldplatz eröffnet.

Sternplatz: die geschwungene Theke in der Milchbar.

„Irgendwie“, so erzählte es Margot Rösner immer wieder, „konnten wir unseren Erfolg gar nicht fassen.“ Es war die Zeit, als es nach dem Ende des schrecklichen Zweiten Weltkrieges wieder aufwärts ging. Die Wiedereröffnung der Bayreuther Festspiele und der Frankfurter Automobilausstellung im Jahr 1951 ließen „Normalität“ aufkommen und der sensationelle Weltmeistertitel der deutschen Fußballnationalmannschaft im Jahr 1954 sorgte wieder für ein deutsches Selbstwertgefühl.

Die Milchbars waren Anfang der 1950er-Jahre der letzte Schrei. Und so besuchten Margot, die Tochter des Hofer Milchhofdirektors, und der 16 Jahre ältere Rudi, der bereits eine Eisdiele in der Badstraße führte, einen Milchbar-Kurs in Ruhpolding. Dort lernten sie sich 1953 kennen.

„Bei ihm hat es gleich gefunkt. Ich musste erst mal noch ein bisschen schauen“, erzählte

Margot Roesner vor der Milchbar am Luitpoldplatz.

Ein Damenkränzchen plaudert vor der Milchbar am Sternplatz.

Rudi Rösner vor der „unteren" Milchbar am Luitpoldplatz.

Vor der Milchbar war der berühmte Brunnen mit 14 Fontänen und Unterwasserscheinwerfern.

Abendstimmung am Sternplatz.

Eingang der Milchbar.

Margot Rösner. Ob sie mal in seinem Borgward mitfahren will? Das ließ sie sich nicht zweimal sagen: „Da setz' ich mich schon rein."

Ein Jahr später heirateten sie und eröffneten 1954 die Milchbar am Sternplatz. Alle „dienstbaren Geister" hinter der Theke mussten lernen, mit dem Mixbecher umzugehen. Dazu haben alle in Ruhpolding einen Kurs des „Vereins zur Förderung des Milchverbrauchs" bei dem international bekannten Mixer Karl Oestreicher mitgemacht. Die Fränkische Presse bilanzierte, dass „Bayreuth eine Gast- und Raststätte gewonnen hat, die den Vergleich mit keiner gleicher Art in den westdeutschen Großstädten zu scheuen braucht."

Die Welle der Milchbars mit ihren bis dato unbekannten langen Theken schwappte aus Amerika über den großen Teich. In den USA boomte die Einrichtung seit der Prohibition, weil die Barkeeper die unverdächtige Milch einfach mit einem Schuss Alkohol anreicherten: Der Milchshake war geboren.

In Bayreuth wurde die Milchbar zum Treffpunkt Nummer eins. Rudi Rösner bot über 50 Eissorten an, die er alle selbst kreiert hatte. Alle liebten die frischen Zutaten und das saisonale Eis ohne übertriebene Süße. Margot Rösner hütete die Rezepte, die Langnese und Schöller haben wollten, wie einen Schatz. Sie

Klein und Groß lassen sich die Flips und Milchshakes schmecken.

befinden sich auch noch heute im Besitz der Familie. Neben dem handgemachten Eis gab es Eiscreme-Soda, Flips, Milchshakes und den legendären Milchreis.

Die Leckereien blieben freilich auch den berühmten Gästen und Künstlern in der Festspielzeit nicht verborgen. René Kollo, Ivan Rebroff, der Weltumsegler Rollo Gebhardt und Fußball-Weltmeister Fritz Walter kamen ebenso in die Milchbar wie Gwyneth Jones. Die Sängerin verewigte sich mit einem netten Spruch im Gästebuch: „Zu einem guten Sommer gehört die Arbeit im Festspielhaus und die Erfrischung in der Milchbar."

Anja Silja hielt mit ihrem Mercedes-Cabrio in der Badstraße mitten im Halteverbot und sprang über den roten Ledersitz durch das vorsorglich angelehnte Fenster der Milchbar. Ihre fröhliche Frage „Gibt's noch Milchreis?" war lange Zeit ein geflügeltes Wort.

Anja Silja sprang vom Cabrio durch das Fenster der Milchbar: „Gibt's noch Milchreis?"

Margot Roesner hatte den Spielplan der Festspiele immer im Kopf und wusste schon, wann Anja Silja zu erwarten war. „Bei nur einer Stunde Pause hatte sie wenig Zeit", lachte die Chefin. Und der Polizist, der am Sternplatz Dienst tat, wusste auch Bescheid. Rechtzeitig stellte er die Ampel auf Automatik und verzog sich in den „Wolffenzacher", um Anja bloß nicht aufschreiben zu müssen.

Die Milchbar am Sternplatz.

Am 28. September 1962 eröffneten Rudi und Margot Roesner eine zweite Michbar am Luitpoldplatz. Eine Eisdiele mit spannender Architektur und einer schönen Terrasse, die bei gutem Wetter immer voll war, und mittendrin der berühmte Brunnen mit 14 Fontänen und Unterwasserscheinwerfern.

In seinen beiden Milchbars bot Rudi Rösner seine unzähligen beliebt-kultigen Getränke an. Darunter Mischgetränke mit so verführerischen Namen wie „Bel Ami", „Lustige Witwe", „Engelslächeln" oder die berühmte „Romanze in Milch".

Bayreuth geht eine Funzel auf

Bayreuth war noch ein verträumtes Städtchen. Wo heute der Woolworth ist, gab es noch das Café Biedermeier und das einzige repräsentative Nachtlokal, das „Metropol", wurde nun von der Kirche als Kindergarten unter den Schutz des heiligen Vinzenz gestellt.

Da ging, wie es der Stadtchronist und Bürgermeister Bernd Mayer beschreibt, „plötzlich und unerwartet" im unterentwickelten Nachtleben eine „Funzel" auf. Im Januar 1962 stellte Axel Raum das so unprovinzielle Nachtlokal mit einer prachtvollen Sammlung alter Lampen der Öffentlichkeit vor. In der Richard-Wagner-Straße erfuhren humanistisch gebildete Bürgersöhne mit verzögerter Reife einen Entwicklungsschub. Hier konnte jeder seine Sturm-und-Drang-Zeit ausleben, vorausgesetzt, man hielt am Lokaleingang nach Betätigung des historischen Türklopfers der kritischen Musterung des Kellners durch die Türklappe stand.

Funzelfasching

Bunte Palette

Nach einem „Funzel"-Besuch ging es oft noch in die „Palette", geführt von der Lilo, einer betagten Dame mit blonder Perücke, rotem Kleid und jeder Menge Lebensfreude. Lilo begrüßte ihre (jüngeren) Stammgäste gerne mit einem eher unangenehm feuchten Kuss. Die „Palette" war auch ein Hotspot für nicht mehr ganz taufrische Damen, so hieß es in einem studentischen Ratgeber, „die sich sehr begehrt vokommen, wenn ein angetrunkener Mittdreißiger schlafenderweise seine Hand zwei Stunden lang auf ihrem Busen ruhen ließ." In den 1960er-Jahren hieß die Nachtbar noch nach Siegfried Wagners Oper „Der Bärenhäuter". Sie wurde allerdings nur „Haut" oder, noch schlimmer, „Vorhaut" genannt. Als Lilo das mitbekommen hatte, benannte sie ihre Bar in „Palette" um.

Eintritts-Karte
zum
Funzelball
1988
am 3. Dezember 1988
im Festkeller der Bayreuther Bierbrauerei AG
Eintritt: 20,- DM Einlaß: 19.30 Uhr Beginn: 20.00 Uhr

Funzelball: Silly und Hanna.

Funzel-Florian-Fasching: Wolfgang als Pirat.

Die Funzelball-Organisatoren: Michael „Magoo“ Härtel (links) und Gerd Herold.

Im gestreiften T-Shirt „Bundeswehr-Kantinenwirt“ Otto Krug mit Bayreuths Bundesliga-Stars. Verkehrt auf dem Fahrrad sitzt Armin Sowa, Kapitän der Basketball-Nationalmannschaft.

Legendär sind auch die Kellner der „Funzel“, angefangen beim allerersten namens Henry, der Stil hatte wie ein englischer Butler, bis zum zynischen „Softi“ Alexander Schmälzle, der später ins „Sheperds Inn“ auf den Markt wechselte.

Der geniale Wagnerenkel Wieland, so erzählte Bernd Mayer, gehörte in den 1960er-Jahren ebenso zu den häufigen Gästen wie der noch jugendliche Oberbürgermeister Hans Walter Wild, der damals gerade Bayreuth auf Trab brachte. Die Brüder Mann, berühmt durch ihren selbst gebrauten Doppelbock, schauten oft nach Feierabend herein.

Zur Stammbesetzung gehörten Originale wie der bereits 85-jährige Antiquitätenhändler Karl Gießel, Werner Baumann alias „Wo Sara-

Der Funzelball im Aktienkeller.

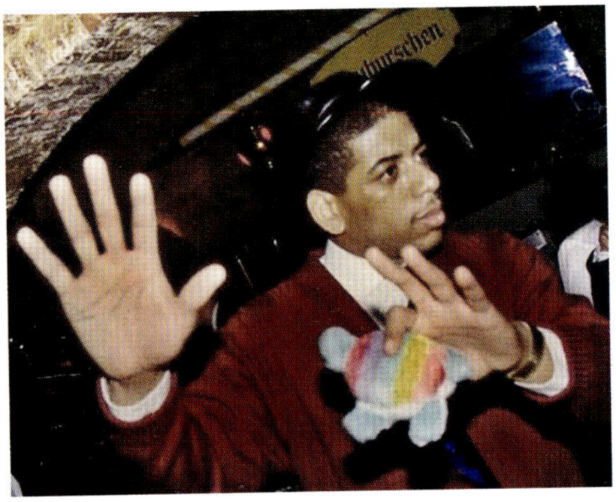

Stargast beim Funzelball: Der Basketballer Alvin „Bo“ Dukes sorgte nicht nur in der Oberfrankenhalle für eine großartige Show.

Funzelball: Mecki und Thomas.

Die Kelle

Gerd Herold war es, der irgendwann in der „Rosenau“ auf die Idee kam. Er nahm dem Koch die größte aller Schöpfkellen ab und befüllte sie mit einem alkoholischen Getränk. Die Kelle ging durch das Lokal und musste immer wieder aufgefüllt werden. Gerd und Magoo übernahmen die neue Geschäftsidee mit in die „Funzel“, wo die „Kelle“ legendär wurde. Genau zehn Kellen hingen am Ende schon nebeneinander aufgereiht an der Wand. Die Basketballer entdeckten die Kelle (mit einer entsprechenden Gravur auf dem langen Griff) als ideales Geburtstagsgeschenk, so dass diese auch über die Grenzen von Bayreuth als „Trinkgefäß“ ihre Verbreitung fand.

zen“, Liszt-Enkel Graf Gravina und der Scherenschnittkünstler Günter Naundorf, genannt „Schnurri“. Gesellschaftlich gesehen ging es hier drunter und drüber: Der junge Handwerker saß neben dem Baudirektor, der Balletttänzer aus dem Festspiel-Bacchanal neben dem

Auch beim Funzel-Florian-Fasching kreiste die Kelle.

Gerd Herold war in den 1990er-Jahren „das Gesicht“ der Funzel.

Zehn Kellen kreisten oft gleichzeitig mit zweifelhaften Getränkemischungen in der Funzel.

Die „Funzel“ im Hinterhof an der Richard-Wagner-Straße.

alteingesessenen Kaufmann, der Schüler neben dem Fabrikanten. Ob hetero oder homo, politisch links oder rechts, ob reich oder arm, jung oder alt – das alles spielte im Schmelztiegel „Funzel“ eine untergeordnete Rolle.

Im Juli 1986 erlebte die „Funzel“ ein Revival, als sie von Michael „Magoo“ Härtel und Gerd Herold, die schon die „Hängematte“ und die „Rosenau“ führten, übernommen wurde. Bayreuth galt damals als Sportstadt, denn das Eishockey-, das Basketball- und das Tischtennis-Team spielten damals in der höchsten Liga. Die Basketballer wurden sogar Deutscher Meister und die Fußballer der SpVgg kämpften in der 2. Bundesliga, stets abstiegsbedroht, um Punkte.

Am Abend trafen sich Spieler und Fans in der „Funzel“, wobei die „Kelle“ durchs Lokal kreiste. Dabei handelte es sich um eine Großküchen-Schöpfkelle, die genau einen Liter fasste und mit verschiedenen, höchst zweifelhaften alkoholischen Mischungen in verschiedensten Farben durch die Reihen wanderte. Mit Grauen denken viele an das vom Basketballer Georg Kämpf kreierte „Asbach-Schorle“ zurück. Mit viel Geschick goss der „Schorsch“ dafür zu gleichen Teilen Asbach Uralt und Fernet Branca in „die Kelle“ und sorgte mit dieser absolut ungenießbaren Mischung für grenzenlose Begeisterung. Der Schorsch, der später seriöser Basketball-Bundestrainer und Stadtrat wer-

An der „Funzel"-Theke Gerd, Magoo und Stefan.

Weihnachtsfeier in der „Funzel".

den sollte, erklärte auf Rückfrage: „Wo steht denn geschrieben, dass ein Schorle zwingend mit Mineralwasser aufgefüllt werden muss?"

Wenn dann die Blase drückte, konnte man sich schon mal für die nächsten 20 bis 30 Minuten am Tisch verabschieden. Es dauerte halt einfach lange, bis man sich durch das Gedränge bis zur Toilette und wieder zurückgekämpft hatte.

Wenn Magoo und Gerd in den 1980er- und 1990er-Jahren zum „Funzelball" riefen, warfen sich alle in Schale, wenn sie (zusammen mit Ingo und Brigitte Froese) zum „Funzel-Florian-Fasching" riefen, warfen sich alle ins Kostüm. Treffpunkt für diese Kultveranstaltungen war der Aktienkeller, das frühere „Old Baily".

Im Jahr 1994 gaben Magoo und Gerd die „Funzel" und die „Hängematte" auf. Gerd eröffnete irgendwann den Nachtclub „Sophies" in der Sophienstraße, das die älteren Disco-Gänger noch als „Butterfly" in Erinnerung haben. Magoo kümmerte sich um seine „Rosenau" mit Wirtschaft und Saal, wo Ende der 1990er-Jahre die donnerstäglichen „Uni-Feten" stattfanden, die die „Rosi" nun auch bei den jungen Leuten bekannt machte.

Im Dezember 1995 wurde im Beisein vieler „Funzel"-Veteranen ein letzter Wiederbelebungsversuch gestartet, der aber nicht das gewünschte Echo fand. Das Publikum wechselte in der damals explodierenden lokalen Kneipenszene von einem in das nächste In-Lokal: vom „Wahnfried" (später „Loft", dann „Friedrichs") in der Friedrichstraße in den „Engel" am Kirchplatz, vom „Enchelada" an der Hindenburgstraße ins „Odeon" in der Alexanderstraße oder das „Borracho" im alten Tanzkeller.

Auch Magoo Härtel war wieder im Rennen. Im ehemaligen Wirtshaus Lieb eröffnete er 1996 in der Kanzleistraße „Die Kanzlei". Die Funzel selbst wurde erst einmal dichtgemacht, bis sich Axel Raum im Herbst 1996 für die endgültige Schließung entschied. Das Haus an der Richard-Wagner-Straße ist aber bis heute ein echter „Hot-Spot" geblieben. In dem kleinen „Ständla" am Rande der „Funzel"-Einfahrt werden ohne Zweifel täglich die meisten Bratwürste verkauft.

Treffpunkt war am Brunnen – Ein Kneipenrundgang

Es ist ein x-beliebiger Nachmittag irgendwann 1979 oder 80. Treffpunkt ist an einem Marktbrunnen: entweder am „Herkules“, an dem die Stadtbusse knapp an dir vorbei in den Busbahnhof reinbrettern, oder beim Fama-Brunnen an der Buchhandlung Gondrom, weil dort die Mopeds parken. Von dort aus zieht der angehende akademische Nachwuchs, meist aus der „Oberrealschule“, los.

Es geht vorbei am „Salamander“ und am „Wienerwald“, von dem man bis zur „Nordsee“ blicken kann ... An der Schmidt-Bank, am Hertie und dem Bratwurstständla an der Schulstraße vorbei führt unser Weg durch die Unterführung unter der Maxstraße rüber zur Norma. Diese Lebensmittelkette genießt Sympathien wegen des seit Jahren unveränderten Preises für Büchsenbilligbier. Nach einem kurzen Weg durch die Fußgängerzone an der Unteren Maxstraße erreicht man linkerhand die „Bierliesl“ und die „Schallplatte“. Dann biegt man links ab in die Dammallee. Dort befindet sich das „Café Händel“ mit seiner schönen milichigen Jugendstiltür. Im gemütlichen Hinterzimmer ist zu prüfen, ob zwischen den alten Damen mit den schicken Hüten wenigstens ein paar „Schneckla“ vom benachbarten „Besenstall“, dem Richard-Wagner-Gymnasium, zu finden sind. Unverrichteter Dinge ziehen wir schließlich weiter in die Von-Römer-Straße, vorbei an der „Schaschlikstube“ und dem „Don Camillo“ zum „Römer Bierstüberl“.

erd Händel vor seinem „Café Händel“ in
er Dammallee.

Schau ned so bleed ...

Im „Römer“ bei der Moni gibt es die berühmt-berüchtigte Jukebox mit dem zeitlos schlimmen Musik-Repertoire. Mit ein bisschen Glück läuft nicht irgendeine Polka, sondern hat ein Hans-Albers-Fan gerade fünfzig Pfennig für „La Paloma“ oder „Auf der Reeperbahn“ eingeworfen. Das Publikum

bei Moni ist gemischt. Hier treffen sich Schüler und Studenten, Off-limits-geschädigte Amis, die Mitglieder des Spielmannszuges oder auch Rentner, die bei mehreren „Altfränkischen Magenbittern“ auf ihr langes, arbeitsreiches Leben zurückblicken: „Schau ned so bleed, sunst haui i der a boa nauf!“

Auf Korsika erschossen

In der Sophienstraße gibt es das „Monsieur“, also die frühere „Hüttn“, und das „Butterfly“. Horst Babl, der die „Hüttn“ und das „Old Baily“ im Aktienkeller führte, wurde am 29. August 1978 kurz vor seinem 40. Geburtstag auf Korsika erschossen. Seine Frau Brigitte, die Bibi, wurde angeschossen und sitzt im Rollstuhl. Der Mörder soll ein Deserteur aus der Fremdenlegion gewesen sein. Die Umstände, die zu vielen Spekulationen führten, wurden nie geklärt. Die Konsequenz war, dass viele Eltern ihren Sprösslingen aufgrund des eher zwielichtigen Publikums den Besuch der „Löwenbräuhütte“ (kurz „Hütte“) oder später des „Monsieur“ streng untersagten. Auch das legendäre „Baily“ gab es nach dem Tod von Horst Babl nicht mehr sehr lang. Ärger mit US-Soldaten aus den Kasernen am Bindlacher Berg und der Ludwig-Thoma-Straße sorgten für einen immer schlechter werdenden Ruf. Heute heißt der Laden „Blue Bayou“.

Bis in die 1990er-Jahre gab es noch viele amerikanische Soldaten in Bayreuth. Viele Bars hatten die Off-Limits-Schilder an der Tür, die ihnen den Zutritt untersagten. Der Grund lag in der ein oder anderen Schlägerei und weil vielen Wirten das „Hallo Fraulein, du hast schone Beine“ auf den Sender gegangen ist. So konzentrierten sich die Amerikaner auf das „Old Baily“ und auf die „Sonnenmühle“ (dort, wo früher das Hotel „Sonne“ stand) in der Richard-Wagner-Straße.

Amis fliegen aus der Kneipe

Ein schönes Schauspiel war es immer, wenn die „MP“, also die Military Police, auftauchte, um Beschwerden zu klären und auffällige Kollegen mitzunehmen. Das Prozedere war immer gleich. Es erschienen ein kleinerer Vorgesetzter, flankiert von zwei „Zwei-Meter-Schränken“ mit Schlagstock, alle drei mit weißem Helm und weißem Gürtel inklusive Pistolentasche. Ein Streit musste dann nicht mehr geschlichtet werden. Die amerikanischen Soldaten standen sofort stramm und bewegten sich wie von selbst aus der Kneipe. Es kam aber auch vor, dass Gäste das Lokal „mit Antrieb“ im Tiefflug verließen. Daher kommt also der Ausdruck „rausgeflogen“ ...

Nach der Schließung des „Baily“ wurde das „Butterfly“ neben dem Sport-Gießübel der Geheimtipp der Disco-Scene. DJ war Selly, der früher im „Baily“ aufgelegt hatte und nun dem „Butterfly“ zweifellos zum Aufschwung verholfen hat. Wir gehen oft dienstags ins „Butterfly“, weil an diesem Tag Videofilme laufen. Alle hocken dann auf der Tanzfläche und schauen „American Werewolf“, „Die Klapperschlange“ oder „Jäger des verlorenen Schatzes“. Noch hat keiner von uns einen Videorecorder zu Hause und niemand weiß, ob sich VHS, VCR, Betamax oder Video-2000 durchsetzen wird.

Wir OR’ler

In der Friedrichstraße geht es am „Vogels-Garten“, beim Bäcker Fischer und am Postei-„Kutscherstübl“ vorbei zum „Manns-Bräu“, wo es das Bier noch aus den guten alten 30-Liter-Holzfässern gibt. Dort finden sich immer einige „OR’ler“ aus dem Graf-Münster-Gymnasium, das halt früher die „Oberrealschule“ war. Jeder „OR’ler“ begründete die Wahl der Schule damit, die Nützlichkeit des „ober-realen“ Wissens der antiken Bildung des Humanistischen Gymnasiums Christian Ernestinum vozuziehen. Keinesfalls wollte man am GCE zum „Dampfplauderer“, also Pfarrer, Rechtsanwalt oder Apotheker, gezüchtet werden. Im „Manns-Bräu“ stößt man an, bevor getrunken wird – prost! Das lateinsche Prost bedeutet übersetzt „Es möge nützen“. Tut es.

Nach dem „Manns-Bräu“ geht es rechts über die Sendelbachbrücke in Richtung „Holzwurm“ zum Peter. Peter hat sich um die Kleinkunst verdient gemacht, erst im „Pritscherprackel“ in der Erlanger Straße mit seiner offenen Bühne für Livemusik und jetzt in der Peter-Rosegger-Straße.

Auf dem Rückweg geht es noch ins „Nadelöhr“ am Geißmarkt. Die fröhliche Kneipentruppe um ihren Wirt (und Torwart) Udo Schicke sorgte einst beim Freizeitkickerturnier des Anzeigenblattes „Neue Bayreuther“ mit dem Einzug ins Halbfinale für Furore. Vorher hieß die Wirtschaft übrigens „Reuschel“. Dort gab es kleine Brotzeiten und vor allem billiges Kulmbacher Sandlerbier aus alten Bierkrügen mit Zinndeckel.

Nachdem der Nachmittag also reichlich mit Allgemeinwissen und etwas Alkohol angereichert worden ist, geht’s zur Unterrichtsvorbereitung nach Hause: „Gemma haam. Zeid werd’s!“

Kein Einzelfall: „Off limits for all US Personal“ am Eingang der „Hacienda“.

Florian, Gotts, Kanapee und Plectrum

In den 1980er-Jahren wurde die halbe Innenstadt zur Fußgängerzone umgebaut, das Eishockey-Team spielte in der Bundesliga und die Basketballer wurden Deutscher Meister. Am Ende des Jahrzehnts saßen die Bayreuther bei einem weltgeschichtlichen Umbruch quasi in der ersten Reihe. Nach dem Mauerfall am 9. November 1989 besuchten bis zum Jahresende eine halbe Million DDR-Bürger Bayreuth und „fluteten" mit ihren Trabis die Stadt.

Und noch etwas brachte dieses Jahrzehnt. Vier gastronomische Institutionen eröffneten, die – so unterschiedlich sie sind – Kultstatus haben: das „Café Florian", das „Gotts" und das „Kanapee" eröffneten 1982, das „Plectrum" zwei Jahre später.

Ingo, Brigitte und ihr „Florian"

„Wir nehmen dann zu zweit etwas Eis im Café Florian und fühlen uns wohl und ruhig-mild zusammen", schrieb Cosima Wagner während ihres Venedig-Aufenthalts mit Richard in ihr Tagebuch. Nun, Bayreuth ist nicht Venedig und das Café Florian auf dem Markusplatz gibt es

Ingo Froese, Chef des „Café Florian".

Der Biergarten zwischen dem „Café Florian" und der „Winkellosalm" an der Dammallee.

schon seit 1720. Es ist als ältestes europäisches Kaffeehaus weltbekannt. Aber eines konnte das kuschlige Bayreuther Café Florian in der Dammallee ebenfalls garantieren: Auch hier konnten sich Paare „wohl und ruhig-mild zusammen" fühlen. Bei selbst gebackenem Kuchen, einem Weißwurst-Frühstück oder dem „Bier der Woche" wurde nicht nur eine Ehe gestiftet.

Geradezu legendär war der „Florian-Fasching" am Faschingsdienstag: „Danach mussten wir jedes Mal renovieren oder wenigstens neu streichen", sagt Ingo Froese und lacht. Auch beim Bürgerfest war Jahr für Jahr die Hölle los. Zwischen dem Café, dem Biergarten und der „Winkellosalm" war dann kaum ein Durchkommen. Viele denken auch gerne an den „Funzel-Florian-Fasching" im Aktienkeller zurück, den Ingo Froese zusammen mit Michael „Magoo" Härtel und Gerd Herold organisierte. „Wir haben uns das alles erarbeitet", sagt Ingo Froese, der einst als Basketball-Nationalspieler zum USC Bayreuth kam. Zusammen mit Brigitte hat er das Café zu einem Treffpunkt für Jung und Alt gemacht. Auch prominenten Besuch hatte das Lokal. Der Basketball-Superstar Dirk Nowitzki war zusammen mit Bundestrainer Georg Kämpf Gast im Florian. „Schorsch" Kämpf gehörte auch zu der Stammtischtruppe, die jedes Jahr berüchtigte Ausflüge hinlegte und gleich mehrfach Stadtmeister beim Freizeitkickerturnier wurde.

Keine rechten Winkel

Ingo Froese war immer für eine Überraschung gut. Erst schuf er aus einem verwilderten Rasenstück vor seinem Café einen Biergarten und dann baute er das Nachbargebäude zu einer „Alpenhütte" um. Sein Schreiner war damals der alte Poldi aus der Nachbarschaft, der die urige Hütte rustikal, aber mit viel Liebe zum Detail gestaltete. Poldi war ein Männlein mit Toupet, das von allen gemocht wurde. „Horch Poldi, du hast ja keinen einzigen rechten Winkel zammgezimmert", wurde ihm in munterer Stammtischrunde „vorgeworfen" und schon war der Name der Hütte perfekt: „Winkellosalm".

Nach 35 Jahren in der Dammallee zogen die Froeses um, weil der Vermieter das Gebäude sanieren musste. Gleichzeitig bot sich die Übernahme des „Sinnopoli" in der Badstraße an, das 2017 kurzerhand umgetauft wurde. Nach 24 Jahren hieß das „Sinnopoli" nun „Café Florian".

Bayreuth statt Kanada

Eigentlich wollte er nach Kanada auswandern – Vancouver sollte es sein. Doch Alfredo Aquenza fand in der Metropole am Pazifik keine geeigneten Räume für einen Neustart und so blieb der Italiener in Bayreuth. „Zum Glück", werden sich die vielen Stammgäste seines Restaurants „Gotts", das auf italienische Nudelgerichte spezialisiert ist, einhellig denken. Seine ersten Arbeitsstellen hatte er 1954 im Hotel „Vier Jahreszeiten" in München und im „Mario" in Frankfurt gefunden. Dann musste er zum Militär und arbeitete später bei einem Automobilzulieferer, was ihm nicht viel Freude gemacht hat. Und so nutzte er ein Angebot und eröffnete 1962 in Hof das „Lucullus". Drei Jahre später übernahm er den „Luculluskeller" im Untergeschoss der Diskothek „Max 30" (später „Crazy Elephant") in der Maximilianstraße 30.

Alfredo war der erste Wirt, der im „Lucullus" die Pizza auf die Speisekarte setzte. Neben den Pizzen, die die Bayreuther sehr schnell lieben lernten, bot er auch exotische Gerichte wie Schildkrötensuppe, Haifischflossensuppe und natürlich viele andere Menüs mit typischen Speisen aus Italien an. Bei Kerzenlicht wurden die Speisen von Kellnern in roter Livree und klassischer Fliege serviert.

Während der Festspielzeit versammelten sich viele prominente Gäste in seinem Lokal. Zu den Stammgästen gehörten Festspielleiter Wieland Wagner und der Liszt-Urenkel Gilbert Graf Gravina sowie der Sänger Ivan Rebroff. Der schwergewichtige Bass bestellte grinsend: „Ein T-Bone-Steak, ein Kilo dick."

Das „Gottsmannsgrüner" heißt heute „Gotts".

Alfredo Aquenza

Gerlinde „Gigi“ Hofer, ihr Herz schlug für die „Grave Diggers“.

Anno 1982: Ali mit Claudia, Petra und Silvia im Kanapee.

Gigi und Sven „Swutz“ Lutz

Im Jahr 1968 eröffnete Alfredo das Tanzcafé „Panorama“ auf dem Dach des Ring-Hochhauses am Josephsplatz. Seit 1982 führt er mit seiner Familie das bis heute erfolgreiche „Gotts“ in der Dammallee.

Bei Gigi im Kanapee

„Im Kanapee warst du?“, frage ich meinen Filius. „Beim nächsten Mal sagst du bitte der Gigi einen schönen Gruß!“ Die Antwort erstaunt und macht nachdenklich: „Woher kennst du denn die Gigi?“ Ja, es ist tatsächlich über 40 Jahre her, dass ich selbst Stammgast im „Kanapee“ war. Nach der Tanzstunde beim Strömsdörfer im Sonnenhaus war das „Kanapee“ (bevor der Tross in die Disco „Max 30“ am Marktplatz zog) die erste Anlaufstation. Nun erklomm also auch mein Sohn die leicht geschwungene Treppe in das Obergeschoss der Passage zwischen Maximilianstraße und dem Gassenviertel.

„Haste auch einen ‚Totengräber‘ getrunken?“ „Logisch, haben wir alle, von der großen Karte der ‚kleinsten Cocktails der Welt‘, ist doch klar.“ Nachdem ich mich nur dunkel an das Getränk erinnern kann, bekomme ich vom Sohn eine Nachhilfe: „Escorial, Sambuca, Absinth, einen 80er-Stroh-Rum, ein paar Würfelzucker – fertig!“ Jetzt weiß ich es wieder und auch, dass das „Kanapee“ erst um fünf Uhr morgens schließt.

Gigi selbst ist so alterslos wie ihre Cocktail-Karte. Seit vielen Jahren feiert sie erfolgreich alljährlichen ihren 38. Geburtstag und trinkt selbst keinen Alkohol. „Ich will das immer machen und in meiner Kneipe sterben“, grinst sie. Ein Sarg steht ohnehin im Eck bereit. So war es dann auch. Im März 2025 verabschiedete sie sich klammheimlich aus dem Leben. Immer wieder tauchte die Frage auf: „Wie alt ist Gigi denn geworden?“ Wir wissen es: 38!

BRAUEREI-GESCHICHTEN

Brauerei Gebr. Maisel Bayreuth

Die Brauerei Gebr. Maisel ist seit jeher eine echte Familienbrauerei und wurde 1887 von den Brüdern Hans und Eberhard Maisel gegründet. Sie stammen aus einer Brauerfamilie, deren Geschichte sich weitere 100 Jahre zurückverfolgen lässt. Nachdem Fritz Maisel mit seinen Söhnen 1955 das neuartige „Champagner-Weizen" eingeführt hatte, wurde die Brauerei Gebr. Maisel eine Spezialitätenbrauerei, deren Biere weit über regionale Grenzen hinaus berühmt sind. Heute leitet Jeff Maisel das Familienunternehmen in vierter Generation. Er hat es sich zur Aufgabe gemacht, die Tradition der Brauerei mit dem 21. Jahrhundert in Einklang zu bringen, dem Bier zu einem neuen Stellenwert in der Gesellschaft zu verhelfen und Menschen wieder für Bier und seinen Geschmack zu begeistern. Dafür stehen vor allem die „Maisel & Friends-Craft- und Edelbiere". Um außergewöhnliche Bierspezialitäten zu entwickeln, überlässt der experimentierfreudige Brauereiinhaber nichts dem Zufall. Ständig werden neue Kreationen getestet, für gut befunden oder auch mal verworfen. Die Inspiration für neue Biere holt sich Jeff Maisel weltweit, um dann klassische Bierstile modern und kreativ zu interpretieren. Schmecken kann man das beispielsweise in „Jeff's Bavarian Ale", das Jeff Maisel selbst als außergewöhnliche Version des bayerischen Nationalgetränks kreiert hat, verfeinert mit einer speziellen Hopfennote und dem vollen Aroma der Maisel's Weisse Weißbierhefe.

Asterix auf der Toilette

Zwei Jahre nach dem „Florian", dem „Gotts" und dem „Kanapee" eröffnete Arnold Kiesl am 18. Februar 1984 sein „Plectrum". „Mein Dorfwirtshaus", wie er es nennt, bietet seinen Gästen im Stadtteil Moritzhöfen an, was es halt in einem echten Wirtshaus so gibt. Die Bandbreite reicht von verschiedenen Knoblauchbroten über Currywurst oder Schaschlik bis hin zum Schweinebraten. Wo es einen Braten gibt, sind die rohen Bayreuther Kartoffelklöße nicht weit. Ohne sie geht es bei keinem Sonn- und Festtagsessen, bei keiner Hochzeit, Kindtaufe oder Richtfest. Im Gegensatz zu den rohen („grüne Klees" genannt) werden Klöße aus gekochten Kartoffeln „baumwollene Klees" genannt.

Das Essen bietet er bis spätabends an, weil die Volleyballer vom BSV 98 oder die HaSpo-Handballer nach ihrem Training noch Hunger haben. Wenn sie kommen, klopfen sie kurz auf die Holztische, um die bereits anwesenden Gäste zu begrüßen, wie es im Wirtshaus üblich ist. Angeblich geht diese Sitte auf den Henker im Mittelalter zurück. Den wollte keiner berühren, aber unhöflich wollte man auch nicht sein. So klopfte man einfach auf den Tisch.

Auf den Toiletten über dem Pissoir hat Arnold vor vielen Jahren Asterix-Comics aufgehängt. Seit dieser Maßnahme werden die Wände nicht mehr beschmiert oder zerkratzt. „Diesen Trick", so Arnold, „hat schon der Alex in der ‚Funzel' angewandt."

„Ich will den Wirtshaus-Charakter erhalten", sagt er und: „Einmal Plectrum, immer Plectrum". Obwohl er das Rentenalter längst erreicht hat, macht es ihm immer noch Spaß und er will weitermachen, bis er 70 ist. Das hoffen wir sehr.

Einmal „Plectrum", immer „Plectrum": Arnold Kiesl.

Der Biergarten neben dem „Plectrum".

rüher war das „Plectrum" das VfR-Sportheim.

Rekordhalter hinter der Theke

Jürgen Stenger dürfte der Rekordhalter sein, führt er doch seit 1971 die „Kreuzburg". Seit über 50 Jahren steht er dort hinter der Theke und ist der Wirt mit der längsten „Amtszeit", erst recht, wenn man das in Stunden rechnet. Seine „Kreuzburg" ist von acht Uhr morgens bis tief in die Nacht geöffnet. Die Stammgäste kommen nach der Nachtschicht oder die Rentner zum Waafen.

Ein paar Jahre leitete er zusätzlich das „Blue Bayou" im Aktienkeller und links und rechts von der „Kreuzburg" die „Linde" und das „Kreuzer Sporrtheim". Doch das wurde ihm irgendwann zu viel und er konzentrierte sich auf ein Lokal.

Der Name Stenger ist den älteren Fußballfans ein Begriff. Sein Bruder Dieter war von 1961 bis 1968 einer der Stars bei der SpVgg, spielte mit dem Olympia-Fußballer Fritz Semmelmann noch in der 2. Division und bildete später ein Sturmduo mit Manfred Größler. Die Fußball-Begeisterung merkt man auch heute noch in der „Kreuzburg". Jürgen Stenger hat Fußballschals aus aller Welt aufgehängt und überträgt jedes Spiel in seiner Kneipe.

Marquis Salou und der nackte Ritt auf einem Schwein

„Jeder Fortschritt und jeder Wandel in der Geschichte kommt von Nonkonformisten. Wenn wir keine Dissidenten hätten, lebten wir noch in Höhlen.“ Ob das Zitat des britischen Historikers Alan J. P. Taylor auch auf den Provokateur Marquis Salou zutrifft, sei dahingestellt. Fest steht, dass der Mann mit dem Schlapphut, dem Bart und dem wallenden schwarzen Mantel den Bayreuthern auch dreißig Jahre nach seinem Tod in bester Erinnerung geblieben ist.

In den Fokus der damals so biederen Beamtenstadt rückte er im Jahr 1971 mit der Einweihung des „Life 2000“, einem großen Einkaufszentrum im Industriegebiet. Darin eröffnete er gleichzeitig die „Eve-Bar“ und eine moderne Diskothek, die in den nächsten Jahrzehnten unter ständig wechselnden Namen wie „Happy Night“, „Jet Set“, „VIP“, „Broadway“ oder „Tropics“ die Jugend anlockte.

Endgültige Berühmtheit erlangte Marquis Salou, als er nackt auf einem Schwein in seine Bar einritt und sich deshalb Ärger mit dem Tierschutzverein einhandelte. Und, da waren sich alle einig, er muss auch der unbekannte Nackte gewesen sein, der über den Luitpoldplatz und die Bahnhofstraße gelaufen war.

Wer war dieser Mann, der quasi aus dem Nichts auftauchte? Dass er Curt Auls hieß, wusste kaum jemand, dass er in Berlin eine humanistische Bildung genossen, die ganze Welt bereist hatte und als Schauspieler in Paris, London oder München aufgetreten war, berichtete er selbst. „Marquis Salou“ ist eine Wortschöpfung aus den Buchstaben seines Nachnamens (Auls/Salou) und des skandalumwitterten Romanciers Marquis de Sade. Er war stolz darauf, dass er als Bayreuths schillerndste Persönlichkeit den Gästen nach dem Besuch der Eremitage und des Festspielhauses noch selbst als touristische Attraktion gezeigt wurde.

Irgendwann war er nach Bayreuth gekommen, blieb aber zunächst nicht lange. Ende der 1970er-Jahre kehrte er zurück, um die „Japanische Teestube“ (in den 1950er-Jahren ein Nachtlokal mit mehr als zweifelhaftem Ruf) in der Carl-Schüller-Straße zu übernehmen. Dort eröffnete er seine Nachtbar „Marquis Galerie“, die fortan nicht mehr wegzudenken war. Seine Bar war gesellschaftsfähig, wurde eine Institution. Bei ihm trafen sich die Geschäftsleute und die Stadtoberen. Am berühmten Stehtisch im Eck diskutierte Brauereichef Hans Schinner mit Großbäcker Kurt

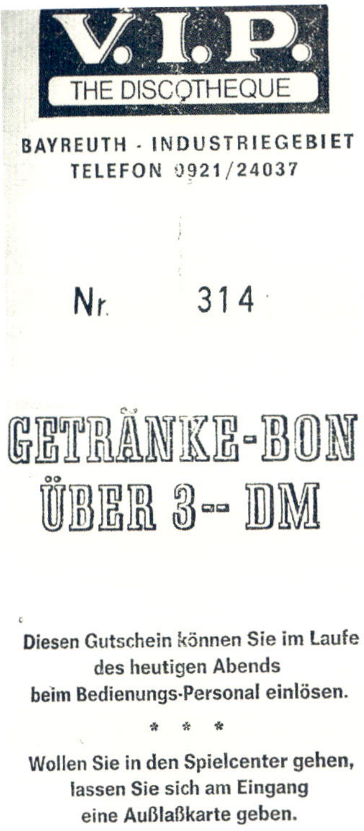

V.I.P.

THE DISCOTHEQUE

BAYREUTH · INDUSTRIEGEBIET
TELEFON 0921/24037

Nr. 314

GETRÄNKE-BON
ÜBER 3-- DM

Diesen Gutschein können Sie im Laufe des heutigen Abends beim Bedienungs-Personal einlösen.

* * *

Wollen Sie in den Spielcenter gehen, lassen Sie sich am Eingang eine Außlaßkarte geben.

Der Marquis Salou.

Der Marquis Salou mit Bürgermeister Bernd Mayer.

Schatz, Großschlachter und SpVgg-Chef Hans Wölfel mit Stadtrat Bernd Mayer, dem CSU-Fraktionsvorsitzenden Manfred Jahn oder Oberbürgermeister Hans Walter Wild. Es durfte nicht jeder in seine „Galerie". Ein Monitor über besagtem Stehtisch zeigte an, wer Einlass begehrte. Übrigens: Ein kleiner Kreis dieser Stammgäste hatte sogar einen eigenen Schlüssel für das Etablissement.

In der Galerie spielten sich immer wieder aufsehenerregende Szenen wie diese ab: An der Theke spielten zwei Männer – einer nur mit einem Bademantel bekleidet – Backgammon. Die 100 Mark, die der Verlierer zahlen wollte, nahm der Sieger nicht an. Nach kurzer Diskussion verbrannte der Hundertmarkschein über einer Kerze. Die Szene ist verbrieft, denn der damals 18-jährige Bayreuther, der diese mit großen Augen beobachtete und nicht fassen konnte, ist der Autor dieser Zeilen.

Auch andere besondere Aktionen sorgten für Aufsehen. Schlüpfrige Ankündigungen wie „Marquis spendet Samen" entpuppten sich dann freilich als harmloses Verschenken von Sonnenblumenkernen. Spannend waren sie trotzdem, denn zuzutrauen war ihm eigentlich alles. „Ein Schelm, wer Böses dabei denkt." Dieses Sprichwort war es dann auch, was ihm Freunde in seine Todesanzeige setzten: „Honi soit qui mal y pense!" Marquis Salou starb am Dienstag, den 13. Februar 1990. Am gleichen Tag war 107 Jahre zuvor auch Richard Wagner gestorben – ein Schelm, der Böses dabei denkt. In der Mitte der mit Menschen überfüllten Aussegnungshalle des Krematoriums am Südfriedhof stand zwischen einem Blumenmeer ein schwarzer Sarg mit dem schwarzen Schlapphut. Statt eines Pfarrers war es der bayerische Blues-Barde Willy Michl, der durch das „letzte Programm" führte. Für seinen Freund sang er sein Lied vom „Blütental".

Nach den Abschiedsreden intonierte der Isar-Indianer „The House of the Rising Sun“, ehe er nach einer ergreifenden Pause mit lauter Moderatorenstimme eine für Kirchen eher seltene Aufforderung erklingen ließ: „Ladies and Gentlemen, das Geilste für Salou im Leben war der Applaus. Geben Sie ihm also einen letzten Applaus.“ Unter den Standing Ovations der Trauergemeinde versank schließlich der Sarg in den Tiefen des Krematoriums.

Die Kanzleistraße mit der Gaststätte „Lieb“, die der „Rote Adler“ zu seiner „Kulisse“ machte. Heute beherbergt sie das „Palace“.

Der rote Adler: Es musste Bayreuth sein

Nach dem Tod des „Salou“ übernahm Peter Pickl, der sich selbst „Roter Adler“ nannte, „Marquis Galerie“. Der Comanche, vom Geist

Der Marquis Salou im „Adamskostüm“.

„Roter Adler“ flog aus seinem Nest

Friedensrichter am Landgericht verurteilte Peter Pickl zur Räumung seiner Kulisse

Der „Geist des Wakantanka“ muß sich in Bayreuth einen neuen Wigwam suchen. Peter Pickl, weithin bekannt als der „Rote Adler“ und Pächter der „Kulisse“, bekam am vergangenen Donnerstag seine Flügel gestutzt. Auf richterliche Aufforderung hin muß der Statthalter des bayerischen Bluesbarden Willi Michl das Ausschenken von Feuerwasser einstellen.

Nach nur zehn Minuten war das Schicksal des selbsternannten Indianers und seines Musik-Film-Bar-Restaurant-Cafés besiegelt. Der große Friedensrichter am Landgericht entsprach dem Ansinnen des Wigwam-Besitzers, der Maisel-Brauerei, auf Abbruch seiner Zeltbehausung. Zu lange blieb der „Rote Adler“ seinen weißen Brüdern die Pachtgelder für seinen Saloon schuldig, zu hoch sind mittlerweile die Schulden, die sich auf dem Konto der Feuerwasserhersteller angesammelt haben.

Seine Satteltaschen packen muß nun Peter „Roter Adler“ Pickl. Der Friedensrichter hat ihm den weiteren Aufenthalt in seinem Wigwam „Kulisse“ verboten. Plakate in den Fenstern zeugen von seinem Kampf mit dem weißen Mann um seinen Jagdbereich. **Foto: Brunner**

Am Ende ganz allein

Das Ende des „Roten Adlers“ war traurig und lustig zugleich. Traurig, weil er nicht nur von allen guten Indianergeistern verlassen war, auch seine Freunde und Stammesgefährten, die durch ein Plakat im Fenster des Lokals auf den Prozeß aufmerksam gemacht und zum Gang in das steinerne Gebäude des großen Richters aufgefordert wurden, ließen ihren Blutsbruder im Stich. Zu guter Letzt mußte Peter Pickl seinen Kanossa-Gang ohne seinen Rechtsbruder antreten, der aufgrund des leeren Goldbeutels des „Roten Adlers“ das Weite gesucht hatte.

Belustigend dagegen die zeitliche Eile, mit der Friedensrichter Otto Steinwender den roten Bruder in die ewigen, soll heißen: gastronomischen Jagdgründe schickte. Besagen doch die Gesetze des weißen Mannes, daß der Saloon-Pächter auf Drängen des Besitzers aus den Räumen weichen muß, bleibt er länger als zwei Monate die Pachtgelder schuldig. Und weil der „Rote Adler“ mehr als nur zwei volle Monde nicht zahlte, traf ihn die ganze Härte der westlichen Justiz.

So hat nun also ein weiteres Unikum der Bayreuther Gastronomie-Szene seinen Wigwam geräumt. Der Geist des Wakantanka, den Willy Michl immer wieder in der „Kulisse“ aufsteigen ließ, wird nun nicht mehr von den Bergen, wo sich der Bluesbarde niedergelassen hat, nach Bayreuth heruntersteigen und seine Freunde, ob weiß, gelb, rot oder schwarz, inspirieren. Für eine Friedenspfeife zwischen den Feuerwasser-Herstellern und dem roten Mann ist es zu spät. Zu lange schauten die weißen Männer in die finanzielle Röhre.

gb

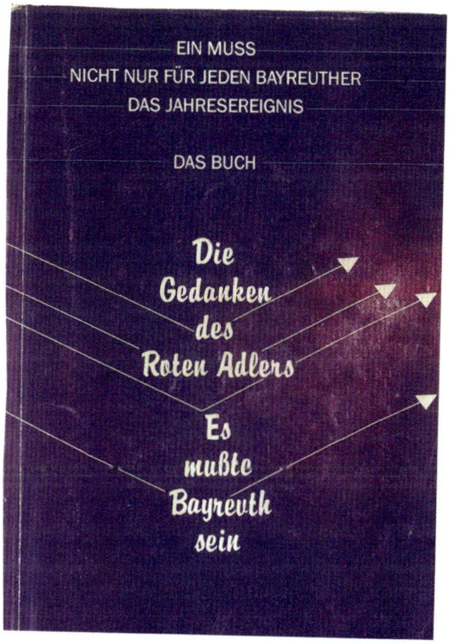

von Wankantanka beseelt, tauchte im Juli 1988 auf und eröffnete in der Gaststätte „Lieb“ sein Musik-Film-Bar-Restaurant „Kulisse“. Dauergast in der Kanzleistraße war sein roter Bruder „Sound of Thunder“. Dort sang der bayerische Isar-Indianer Willy Michl mit Lederhemd, Lendenschurz, Mokassins und Knochenhalsband seine Blues-Balladen. Dazu gab es von der Speisekarte die Salatschüssel „Paramount“, den Feuertopf „Speedy Gonzales“, das Frühstück „Goldfinger“ oder den „bunten Käse-Igel“.

Der „Rote Adler“, der eigenen Angaben zufolge „im Jahre des Heils, 1964, an einem zwölften

August, in der Quecksilberstadt Marktredwitz das Licht der Welt erblickte", sorgte 1991 mit seinem Buch *„Die Gedanken des Roten Adlers. Es musste Bayreuth sein"* für Gesprächsstoff und anwaltschaftliche Maßnahmen im Städtchen.

„Dieses Werk basiert auf wahren Begebenheiten", leitet er ein und: „Der Autor versichert keinerlei Beleidigungen überhaupt ausgesprochen zu haben. Sollte sich dennoch irgendjemand beleidigt fühlen, so möge er dieses Buch noch einmal lesen." Das brauchten die Angesprochenen jedoch nicht, die im Buch „mit übelst hinterfotzigem Gesicht", als „kleines Schweinchen", „Arschloch", „Stinkfußsau", „das geldschluckende Auge" oder „der Mann, der Scheiße baut" beschrieben wurden. In seinem Werk mit dem lila Cover teilte er uneinsichtig mit, dass er bei einem „Multimillionär" eine Kaution hinterlegen müsse und ihm die „Durchschnittsschreiben" der Stadtverwaltung „am Arsch vorbei" gehen.

Abgedruckt ist ein Schreiben des CSU-Fraktionsvorsitzenden Manfred Jahn, der vom Adler nicht öffentlich beleidigt werden wollte. „Sollten Sie Ihre Beleidigungen wiederholen, müsste ich gegen Sie vorgehen. Ich hoffe, dass Sie mir derartiges ersparen. Howk, ich habe gesprochen!" Und unterzeichnet mit „Manfred Jahn, Schwarzer Manitu".

Auch bei seinem Vermieter kam der Rote Adler nicht so gut an. Ihm blieb er, wie im „Sibirischen Landbote" (so nennt der Adler den Nordbayerischen Kurier) berichtete, seine Pacht schuldig. Mit seinem Anwalt, „das wissende Haupt", zog er im April 1990 vor Gericht. „Roter Adler flog aus seinem Nest" titelte im Anschluss der Kurier. Und: „Der Geist des Wakantanka muss sich einen neuen Wigwam suchen. Peter Pickl, weithin bekannt als der ‚Rote Adler' und Pächter der ‚Kulisse'", bekam seine Flügel gestutzt. Auf richterliche Aufforderung hin muß der Statthalter des bayerischen Bluesbarden Willy Michl das Ausschenken von Feuerwasser einstellen." Am Ende schreibt Redakteur Gunter Becker: „Für eine Friedenspfeife zwischen den Feuerwasser-Herstellern und dem roten Mann ist es zu spät. Zu lange schauten die weißen Männer in die Röhre."

Zwei Monate vor diesem Gerichtstermin war Marquis Salou gestorben. Und so zog der Rote Adler nach nur wenigen Tagen kurzerhand vom steinernen Gebäude der Dampfbierbrauerei Maisel in die Carl-Schüller-Straße. Die „Neue Bayreuther" berichtete im Mai 1990, dass der „Rote Adler das Feuer des Wakantanga des verstorbenen Bruders Marquis Salou lodern" lassen will.

Über der „Galerie" wohnten Studenten. Die waren begeistert, als Klinsmann, Völler, Brehme und Co. unter der Leitung von Franz Beckenbauer Fußball-Weltmeister wurden. Der Jubel gefiel dem Adler jedoch nicht, wie wir aus seinem Buch erfahren: „Die toben wie die Wilden. Sie übertönen meinen Geist mit ihrem sinnlosen Geschrei! ... Wenn sie das Maul nicht halten, steig ich rauf und steck jedem einen Eisenradi in den Arsch!"

Ende 1990 musste er raus aus dieser Stadt, er sah, dass er sie „nur im Vollsuff" ertragen kann. Er meldete sich ab, auch sein Gewerbe beim Ordnungsamt. Das schickte ihm noch eine Rechnung über zehn Mark. Das war's.

Auf dem Keller und im Keller

„Auf den Keller gehen“ – der Spruch geht auf eine Zeit zurück, als die Bierfässer noch in den Kellergewölben gekühlt wurden. Somit bot es sich an, die Biergärten genau darüber anzulegen. Es wurde also „auf dem Keller“ ausgeschenkt. Das kilometerlange Kellersystem in der Innenstadt, in St. Georgen und rund um die Herzoghöhe sind ohnehin ein Geheimnis für sich. Oft waren die heute vielfach zugemauerten Gänge miteinander verbunden, sodass die Bewohner unterirdisch von Haus zu Haus gehen konnten.

Die Keller wurden zunehmend als Lokale genutzt. Beispiele dafür sind die „Fledermaus“, der „Tanzkeller“, das „La Cantinella“, das „Folie Douce“ oder der „Aktienkeller“. Die Bayreuther Bierbrauerei AG führt ihre Gäste durch die Katakomben gegenüber vom „Aktienkeller“ und in St. Georgen gehören die weitläufigen Kellersysteme zur „Nachtwächter-Tour“.

„Auf den Keller“ geht der Bayreuther, wenn er zum „Herzogkeller“ geht – einer der schönsten Biergärten in Bayreuth. Er liegt zentrumsnah und wird eingerahmt von der Brauerei Gebrüder Maisel und der Bayreuther Bierbrauerei AG. Als er im Sommer 1888 als Ausflugslokal seine Pforten öffnete, war die Stadt mit rund 24 000 Einwohnern noch recht überschaubar. Der Rote Main floss in vielen Windungen durch die Untere Au und der Weg zum „Herzogkeller“ führte über eine Sandsteinbrücke.

Nahezu alles hat sich seitdem gewandelt, nur der Durst ist geblieben … und die Lust, ihn in idyllischer Umgebung in froher Runde zu löschen. Und bei schlechtem Wetter finden die Besucher Platz in der historischen Sommerhalle.

Feste „auf dem Herzog“ hatten schon vorher Tradition. Im Jahr 1797 gab es dort schon 18 Lagerkeller von „Beckenwirten“, die sich

Hier geht's „auf den Herzog-Keller“.

Seele war beim Kloßwettessen im Herzogkeller nicht zu schlagen.

der Back- und Braukunst verschrieben hatten und die Feiernden bei festlichen Anlässen mit frischem Bier vom Fass versorgten.

Für einige der prominentesten Bierliebhaber der Stadt kam die Eröffnung des Herzogkellers allerdings zu spät. Jean Paul, der einst das Bier wie eine Geliebte angehimmelt und besungen hatte, war 1888 schon über ein halbes Jahrhundert tot. Und auch der Biergartenfreund Richard Wagner starb fünf Jahre zu früh, um an dieser Stelle seinen geliebten Gerstensaft genießen zu können. Stattdessen labte sich auf dem Herzogkeller gegen Ende des 19. Jahrhunderts das Besitzbürgertum beim Zehn-Pfennig-Seidla und lauschte unter den herrlichen Kastanien und Linden den Märschen der heimischen Militärkapelle.

Dessen populärste Komposition „Ja, die Welt ist so schön" erschien zumindest für die besseren Kreise, die sich im Herzogkeller zum gemeinsamen Biergenuss versammelten, durchaus passend. Um die Jahrhundertwende hatte sich der Biergarten längst etabliert und zog Einheimische und Besucher gleichermaßen an. Bayerns Kronprinz Ludwig gönnte sich 1906 ein Bier im Sommerparadies – ein wahrhaft königliches Vergnügen. Mit dem Ersten Weltkrieg versiegte die Freude gleich für viele Jahrzehnte. Der Dornröschenschlaf des „Herzogkellers" dauerte bis zum 16. Juli 1990. Ab dann wurde er wieder zum gemütlichen Treffpunkt für Jung und Alt, wo Einheimische und Gäste das kühle Bier und die typisch fränkischen Spezialitäten genießen.

Palio am Herzogkeller – das Kloß-Wettessen

„Palio", also Fahne, nennen die Italiener ihre Wettstreite zwischen den Stadtvierteln. Fahnenschwenker, Köche, Ruderer oder Reiter ermitteln jedes Jahr die Besten in ihrer Kommune. Dem Sieger wird eine Fahne mit dem Stadtwappen überreicht. Das Pferderennen „Palio di Siena", der Ruderwettbewerb „Palio del Golfo" in La Spezia, der „Palio in Rovinj", bei dem es um die Zubereitung des „Bobići" (eines Eintopfs) geht, sind berühmt. Auch Bayreuth hat seinen „Palio". Viele Jahre lang fand der „Palio am Herzogkeller" statt, ein Kloß-Wettessen, das von Hans-Dieter Seliger, genannt „Seele", gesprengt wurde.

Auf die Klöße, fertig, los: Acht große „Kleeß mit Soß" – jeweils zwei pro Mann – mussten die Teams so schnell wie möglich verdrücken. Maßgeblich waren die Temperatur der Klöße und die Art der Soße. Gerade in dieser Hinsicht hatten die Jungs des THW und der DLRG, die Festspiel-Statisten, HaSpo-Handballer oder die Hohenmirsberger Trachtenkapelle so ihre liebe Mühe, als eines Jahres überraschend die Soße von Schweinebraten auf Krenfleisch umgestellt wurde. Die scharfe

ean-Mic in der Küche des „Miamiam-Glouglou“.

Eine Anzeige des „zugroasten Franzusen“.

Meerrettichsoße verlangsamte die Geschwindigkeit des Wettessens doch erheblich.

Für den Sieg war allerdings eine andere Frage entscheidend. Wer hat „Seele“ im Team? Wem es gelang, den Wayne Gretzky der fränkischen Kleeß, den Michael Jordan vom Herzogkeller, den Lionel Messi der Krenfleischsoße zu verpflichten, konnte sich des überlegenen Sieges sicher sein. Weil der Edel-Fan der SpVgg aber ein friedvoll-verständiger Mensch war, traf er einmal die salomonische Entscheidung, den Kampf gegen die acht Klöße und die konkurrierenden Vierer-Teams alleine „auszumampfen“. Der mit Spannung erwartete Wettkampf endete eindeutig: Das Bayreuther Original mampfte alle unter den Tisch. Er biss von jedem Kloß einmal ab und schob den Rest vor den Augen des jubelnden Publikums hinterher. Der Teller war ruck, zuck leer, der Sieg ging an „Seele“.

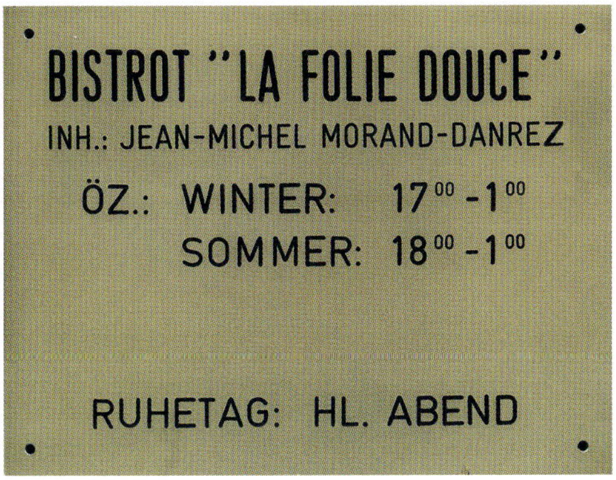

Die Jury musste eingreifen und entschied, dass er nicht mehr alleine antreten darf, woraufhin sich sogleich die Festspiel-Statisten seine Dienste sicherten. Das Ergebnis im nächsten Jahr war wenig überraschend. Die Jungs vom Grünen Hügel konnten den Pokal mit in die Statistengarderobe nehmen, wo sie noch heute steht, denn der „Palio am Herzogkeller“ fand danach nicht mehr statt.

Die „Fledermaus“

Ein beliebter Ort für Nachtschwärmer war die „Fledermaus“, eine urige Bar im Kellergewölbe in der Spitalgasse. „Das Gewölbe war“, so erzählt es der „Nachtwächter“ Peter Zinnecker bei Gästeführungen, „früher der Leichenkeller des Spitals, was die Gäste offensichtlich nicht gestört hat.“

Natürlich gab es in der „Fledermaus“ die damals üblichen Knoblauchbrote und riesige Hamburger. Spezialitäten waren die Zwiebelsuppe und der „gefüllte Kloß“. In der Küche wurden Gulasch oder verschiedene Braten gekocht und dann waren die Küchenhilfen gefragt. Aus der üppigen Fleischeinlage und Kloßteig wurde ein riesiger Kloß geformt, das Kloßungetüm dann mindestens eine halbe Stunde gekocht. Es gab kaum jemanden, der diese Monsterportion geschafft hat. Später wurde die „Fledermaus“ noch kurze Zeit unter den Namen „Orange-Club“ und „Stereo-Bar“ weitergeführt.

Die „Fledermaus“ im Kellergewölbe.

Der Eingang zur „Fledermaus“ in der Spitalgasse.

„Folie Douce“ und „Miam Miam Glou Glou“

„Das ‚Folie Douce‘ war meine eigene Kreation“, erzählt Jean-Michel Morand-Danrez, besser als „der Jean-Mic“ bekannt. Alberto Faldon von der Eisdiele in der Ladenpassage hat mich auf die Kellerräume aufmerksam gemacht: ‚Ich glaube, das wäre was für dich!‘, meinte er eines Tages. Und es war etwas für Jean-Mic, der sich sogleich an die Arbeit machte: Alle Maurerarbeiten, die noch heute in dem Gewölbe in der Kämmereigasse 10 zu sehen sind, hat er selbst erledigt. Das „Folie Douce“ eröffnete am 23. März 1984.

Kneipenerfahrung hatte der Franzose, geboren in der Bayreuther Partnerstadt Annecy, reichlich. Nachdem er Ende der 1960er-Jahre in Bayreuth schon bei der Textilmaschinenfabrik St. Georgen und bei Steiner Optik gearbeitet hatte, zog es ihn im November 1979 wieder zurück in sein „Bareid“, seine zweite Heimat. Er arbeitete bei Herbert Raum im „Max 30“ und bei Eva und Dieter „Murmel“ Strobel in der „Brückenschenke“. Ab 1981 führte er mit Thomas Bruch die „Hängematte“, ab 1983 das „Rosa Rosa“ und eben das „Folie Douce“. Nach fünf Jahren machte er in der von-Römer-Straße aus dem „Schlupfwinkel“ das erfolgreiche „Miam Miam Glou Glou“. „Ambassade d' Annecy“ schrieb er an die Hauswand: „Botschaft von Annecy“.

Runter in die Kellerräume ins „Folie Douce“.

Damals gings noch: Mit Zigarette im „Folie Douce“.

ie „Eule“ in der Kirchgasse und das „Folie Douce“ in
er Kämmereigasse.

Malte Groth (Foto) führte zusammen mit Maria Strich das „Folie Douce“.

Heute mit Rock + Metal: Das „Folie Douce“.

Crêpes von Jean-Mic zum Bürgerfest.

Jean-Mic mit wallender Frisur und französischen Farben.

Thomas Gottschalk, Jean-Michel Morand-Danrez und Jacques Beauquis, der in Altenplos das Restaurant „Ile de France“ führte.

Jean-Mic im „Miamiam-Glouglou“.

Jean-Mic, Chef im „Miam Miam Glou Glou“.

Das Team des „Miam Miam Glou Glou“.

Jean-Mic und seine Mädels im „Miam Miam Glou Glou“: (von links): Ilona, Reni, Hanna, Séverine, Silly.

Überraschung: Harald und Sylvia Stumpf erhielten als Sieger eines Tanzwettbewerbs im „Keller" eine Sau, die sie gleich vor Ort in Empfang nehmen durften.

Einer der Höhepunkte seines Gastronomenlebens war für Jean-Mic der Besuch von Thomas Gottschalk. Berthold „Berti" Marschall vom Kino „Reichshof" sorgte dafür, dass Thomas Gottschalk nach der Kinopremiere von „Weihnachten mit Willy Wuff" ins „Folie Douce" kam.

Nach Jean-Mic, Jörg Achtelstätter und Alexander Schmälzle übernahmen Maria Strich und Malte Groth das „Folie Douce". Die beiden Hamburger waren auf ganz kuriose Weise in Bayreuth hängen geblieben. Marie erzählt: „Eine Bekannte, die hier drei Tage später das ‚Café Brazil' eröffnen wollte, wusste, dass ich aus der Gastronomie komme und bat mich um Hilfe." So ist sie ein paar Tage geblieben, woraus schließlich ein halbes Jahr wurde. „Wir haben dann bei Alexander Schmälzle an der Theke im ‚Folie Douce' gearbeitet. Der Schmälzle sah, dass wir das können und machte uns ein Angebot: ‚Ich mache hier noch ein Jahr den König der Nacht, dann könnt ihr übernehmen.'" Und so kam es auch – ab Juli 1993 waren sie die Chefs im „Folie Douce". Aus Hamburg haben sie eine Spezialität mitgebracht: den „Saueren Malte". „Das ist ein Schnaps, der gleichermaßen Männer und Frauen schmeckt", weiß Marie zu berichten, „unser Stammtisch, ‚Die Hydranten' haben den ‚Sauren' geliebt."

Nach einem Schwelbrand im August 1996, der fast die komplette Einrichtung zerstörte, richteten sie den Laden noch einmal her, gaben dann aber im Februar 1997 den Staffelstab an Stefan Kutschera weiter. Nach Andreas Ziegler führt Anita Hartmann seit Mitte Dezember 2001 das „Rock + Metal Keller Folie Douce". Rock und Metal? „Keine Angst", sagt sie, „unsere Musik ist für jeden geeignet."

Thommy Gottschalk als DJ

In Kulmbach ist das „Old Castle" noch heute ein Begriff. Im Jahr 1968 pachteten Harry Krause und seine Frau Doris das „Café Regina" und verwandelten das Kaffeehaus in eine Diskothek, die zwei Jahre später von Reiner Beck und Rolf Lauer übernommen wurde. Hier begann die Karriere des schlagfertigen Entertainers Thomas Gottschalk als Discjockey. „Für eine Abendgage von 20 Mark", wie Reiner Beck später erzählt, legte er Platten auf und sorgte mit seinen lockeren Sprüchen immer für eine volle Hütte. Bekanntlich sagte er

Thomas und Thea Gottschalk. Als Kulmbacher war und ist der Entertainer oft in Bayreuth. Erst als DJ im Keller, später als Festspielgast.

Richard Wagner: Der Disco-Ritch hatte einen berühmten Namen.

schon damals, was er denkt, und das öfter auch etwas vorschnell.

In dieser Zeit legte er an der Seite von DJ Richie Wagner auch im „Keller“ Platten auf – vielleicht war die Gage in Bayreuth ja besser. In seiner im Jahr 2015 erschienenen Autobiografie „Herbstblond“ beschreibt Gottschalk seine Zeit als junger Discjockey und wie er als 20-Jähriger offensichtlich ein Sex-Desaster erlebte: „Das antike Bett hatte eine hölzerne Rückwand, und genau die war das Problem. Ich war zu lang oder hatte mir den Platz falsch eingeteilt, auf jeden Fall schepperte ich mit meinem Kopf bei jeder ruckartigen Bewegung gegen die Holzplatte.“

Lange dauerte der Disco-Betrieb im „Old Castle“ in Kulmbach nicht. Die Bayerische Schlösserverwaltung erwarb die Gebäude und ließ sie 1977 wegen der freien Sichtachse auf die Plassenburg und um Parkplätze zu schaffen abbrechen. Im selben Jahr schaffte

Gottschalk den Durchbruch im Fernsehen mit der Anrufsendung „Telespiele“. Nach den „Supernasen“- und „Piratensender“-Filmen mit Mike Krüger übernahm er die ZDF-Sendung „Wetten, dass ...?“ und wurde zum beliebtesten Entertainer Deutschlands.

Im „Keller“ am Pauschenberglein.

Das „Liebesbier“

So schnell hat sich noch kein Lokal zum Hotspot für Bierfans und Liebhaber fränkischer Genusskultur entwickelt. Mit dem „Liebesbier“, einer Bar mit Restaurant, landete die Brauerei Maisel mit ihrem Mix aus Industrial- und Brauhaus-Stil einen Volltreffer. Das Highlight im „Liebesbier“ ist die riesige Bierauswahl. Auf der Getränkekarte finden sich über 100 Biere aus aller Welt, denn der Name kommt nicht von ungefähr. In einem modernem Ambiente dreht sich alles um die Liebe zum Bier, Biervielfalt und Biererlebnis.

Sorgte stets für Stimmung. Richard Wagner, der „Disco-Ritch“.

Der gemütliche Gastraum mit dem Biergarten ist nur durch eine Glasscheibe von der Maisel & Friends-Brauwerkstatt getrennt, sodass die Gäste nicht nur die Sudkessel oder die Holzfässer sehen, sondern auch den Braumeistern bei der Arbeit über die Schulter blicken können. Und bei der Auswahl helfen die ausgebildeten Maisel & Friends-Biersommeliers.

Großer Andrang vor dem „Keller“.

Direkt neben dem „Liebesbier“ wurden die bisherigen Gasthöfe „Goldener Löwe“ und „Spiegelmühle“ in ein hochmodernes „Urban Art Hotel“ mit einem riesigen Wandgemälde umgestaltet. Jedes Zimmer wurde von einer anderen internationalen Größe der Urban-Art-Szene gestaltet.

Am Stadtrand: Von Heiners Hütte, durstigen Bahnfahrern, dem Weg nach Kamerun und einem verkaterten Komponisten

Keine Gewinnabsicht in Heiners Hütte

Am Freitag trafen sie sich in der Blockhütte im Oberwaizer Wald. Beim Heiner! Regelmäßig. Für ein Seidla Bier warfen die meisten eine Mark oder später einen Euro ins Körbchen, für eine Brotzeit gaben sie zwischen drei und fünf. Als Spende, weil verlangt hat der Heiner nix. Und ihm Blumen mitzubringen, wäre ja auch blöd gewesen. Über 50 Jahre war das so. Damals haben der Heiner, seine Brüder und Jungs eine Blockhütte gebaut, direkt an die Felswand, als Quartier für die Kerwaburschen. Getroffen haben sich die Jungs, die dann Männer und schließlich Senioren wurden, jeden Freitagabend, 50 Jahre lang.

Während die vier Männer Schafkopf spielten, richtete der Heiner die Brotzeit her, die er

Unprätentiös:
Die riesige Wurstplatte
in Heiners Hütte.

beim Metzger Bursian in der Altstadt gekauft hatte. Eine riesige Wurstplatte, dazu Käse und Brot. Bier gab es aus der Flasche, auf Wunsch eine „rote Maß“ und Eierlikör aus einem Becher, den man aufessen konnte.

Regelmäßig kamen außerdem ein Lehrerehepaar, der Bürgermeister und ein Gemeinderat, Fußballer nach dem Training und im Sommer auch Leute aus dem Festspielhaus. Darunter auch Wolfgang Schmidt, der am Hügel den Siegfried sang und der die Leute dort einfach mochte. Nur am Karfreitag, am Kerwa-Freitag und wegen des Hoffestes beim Heiner blieb die Hütte zu. Die Hütte der Kerwaburschen war freilich nichts Offizielles, an einen amtlichen Segen war ohne Klo („Mädels, passt auf die Brennnesseln auf!“) ohnehin nicht zu denken. Wer nie dort war und die Hütte nur vom Hörensagen kannte, fand sie wohl etwas anrüchig und geheimnisvoll. Wer einmal dort war, kam gerne wieder.

Es gab auch nie Probleme, bis es irgendwann gescheppert hat. Unter der Überschrift „Das wunderliche Wirtshaus im Wald“ berichtete die Tageszeitung von einem Polizeieinsatz. Beamte leuchteten mit Lampen auf Stangen den Waldweg und die steile Treppe zum Eingang aus und stürmten die Hütte. Doch fanden dort keine mafiösen Pokerrunden statt. Stattdessen spielten vier ältere Herren Schafkopf, andere ließen sich die Brotzeit schmecken. Der Einsatz verlief schulmäßig. Die Ausweiskontrolle war schnell erledigt, waren doch die Polizisten in der Überzahl. „Schwarzgastronomie“ lautete der Vorwurf. „Wieso?“, fragte der Heiner in aller Gemütsruhe, „dazu müsst' ich ja was verlangen. Aber habt ihr Hunger? Esst halt wos. Es ist genug da!“

Während sich der pensionierte Lehrer (er war zum ersten Mal da) langsam von dem Schock erholte, mussten die jungen Beamten das Brotzeitangebot leider ablehnen. Der Einsatz war beendet, das Protokoll ging an das Landratsamt, wurde geprüft und ohne Konsequenzen zu den Akten gelegt: Ein privates Treffen, keine Gewinnabsicht. Das stand in der Zeitung und es gab wieder Zoff, denn der Gaststättenverband regte sich auf. Keine Zulassung, keine Steuern, keine Auflagen – ein Skandal! Natürlich gab es Spekulationen, wer dem Heiner diese Aktion eingebrockt hatte. Eine politische Intrige gegen den Bürgermeister, der dort jeden Freitag is(s)t, ausgelöst von Leuten, die ihn aus dem Amt befördern wollten? Den Heiner und seine Freunde hat all das nicht weiter gestört. Sie äußerten sich einfach gar nicht und erfreuten sich weiter jeden Freitag an ihrem Hüttenabend, der Brotzeit und dem Kartenspiel. Am 5. März 2015 ist der Heiner verstorben. Mit ihm ging in Oberwaiz eine Ära zu Ende ... an einem Donnerstag.

Es pfeift in Obernsees

Viele denken gerne an das „Zügla“ zurück, an die Lokalbahnstrecke, die von Bayreuth über die Fantaisie bei Donndorf, Mistelbach, Pittersdorf, Mistelgau, Frankenhaag, Obernsees, Truppach, Plankenfels, Wadendorf, Stechendorf und Moggendorf nach Hollfeld führte. Wenn die überanstrengte Lokomotive zum Wasserfassen in Obernsees einlief, waren natürlich auch die Passagiere durstig geworden.

Nach Absprache mit dem Zugführer konnten die Passagiere ihre Bierwünsche anmelden: Aus der etwa 200 Meter vom Bahnhof entfernten Gastwirtschaft kam eine Kellnerin mit genauso viel Seidla Bier herbeigeeilt, wie zuvor durch Pfiffe der Lokomotive signalisiert und „vorbestellt“ worden waren.

Via Hochrad nach Kamerun

Das Verkehrsschild nach „Kamerun“ hat schon manchen Autofahrer zum Schmunzeln gebracht. Das Forsthaus ist tatsächlich nach der alten deutschen Kolonie in Afrika benannt. Im Sommer 1884 starteten Fritz Brandt und Friedrich Kranich eine Fahrradtour. Um sich von der Hitze zu erholen, bogen die beiden Techniker aus dem Festspielhaus kurz hinter Wolfsbach auf einen Waldweg ein, trafen auf das idyllische Forsthaus und bekamen von der Frau des Waldaufsehers Philbert eine Erfrischung. „Eine richtige Entdeckung haben wir da gemacht, wie der Nachtigall in Afrika!“, sagte Fritz Brand, denn im Juli 1884 war die Hissung der deutschen Flagge durch Gustav Nachtigall in Kamerun in aller Munde. Und so nannten sie das Forsthaus „Neu-Kamerun“ und kamen mit immer mehr Festspielmitwirkenden im Schlepptau zurück. Grund genug für die Philberts, eine Wirtschaftskonzession zu beantragen, und zwar unter dem Namen „Kamerun“.

Richard Wagners „Diätfehler“

Da saßen Richard und Cosima Wagner auf einer Wiese am Sophienberg und genossen „in heiterster Laune“ die Aussicht. Für zwei Mark hatte ihnen eine Bäuerin am 9. Juli 1878 ein Fässchen Bier hinaufgeschafft. „Nicht zehn Pferde bringen mich hier fort“, sagte Richard Wagner. Das Sprichwort trifft auch heute noch zu. Im August 2011 eröffnete die Familie Albrecht auf ihrem Hof am Sophienberg die „Culmberger Bergstubn“. In einem ehemaligen kleinen Bauernhaus richteten sie eine Gaststube ein. Neben einem kleinen Teich entstand zudem ein schöner Biergarten. Dort finden die Ausflügler eine herzliche Atmosphäre und viele Tiere. Richard Wagner hatte damals einen über den Durst getrunken. Seinen „Kater“ am nächsten Tag nannte Cosima liebevoll-diskret einem „Diätfehler“.

STAMMTISCH-GESCHICHTEN

Am Tisch der fröhlichen Rauscher

Ein guter Stammtisch hat den Vorzug, dass dort nahezu alle Probleme dieser komplizierten Welt innerhalb weniger Stunden in den Griff zu kriegen sind. Ein herzhafter Schluck Fassbier ist dabei ein erprobtes Hilfsmittel. So wie früher in der anheimelnd-urigen Gaststätte Wölfel in der Kirchgasse. Beim Wölfel hocken sie und waafen über Gott und die Welt. Dabei ist die Wirtin Rosemarie Böhner gar keine Bayreutherin, sondern kommt aus Berlin. Die Preise sind human, so sind nicht nur die Leute vom „Stammtisch der fröhlichen Rauscher“ (unter ihnen Handwerker, Polizisten und Bundeswehrsoldaten) mit ihrem Wirtshaus rundum zufrieden: „Ein besseres findest du nicht.“

Sirtaki im Güterbahnhof

Die Zeitungsannonce von Karin Bittermann war kurz und knapp: „Ich bin auch noch da!" Wir wissen nicht, ob diese schroffe Aufforderung wieder Kundschaft in ihr Lokal „Zum Güterbahnhof", das sie zu einer Art Nachtlokal aufgemöbelt hatte, gebracht hat.

Richtig bekannt wurde sie allerdings durch eine ganz andere Aktion. Als Anhängerin des „Minirocks", der sich endlich durchgesetzt hatte, konnte sie es nicht fassen, dass die Modeschöpfer plötzlich mit Maximode, also Kleidern, die bis zu den Knöcheln reichten, daherkamen. „Was bilden sich diese Herren überhaupt ein?", ließ die 27-Jährige verlauten und trommelte zur Mobilmachung gegen minifeindliche Modemacher. Sie gründete im April 1969 einen Club für „Super-Mini-Mädchen" und plante als wirkungsvollste Kampfmaßnahme einen Protestzug quer durch Bayreuth. Diese Strategie krankte an dem etwas paradox anmutenden Umstand, dass 80 Prozent der Clubmitglieder, die sich dem Protest verschrieben haben, Männer waren! „Wie Fledermäuse sehen die Mädchen in den langen Mänteln aus", sagt sie, „jede vernünftige Frau müsste sich dagegen wehren, dass ihr so ein Blödsinn als neue Mode untergejubelt wird."

Karin Bittermann schaltete eine Anzeige für den Protestzug: „Wir protestieren gegen Midi und Maxi! Mädchen und Frauen, wollt ihr eure Beine verstecken? Zeigt, was ihr könnt: schöne Beine. Wir lassen uns nicht unterkriegen! Seid keine Trauerweiden. Macht mit und schreibt uns."

Karin Bittermann im Mini-Rock.

Erst „Güterbahnhof" dann „Zum Spiro".

Rositta Grammozis

16. April 1969 **NACHRICHTEN AUS BAYREUTH**

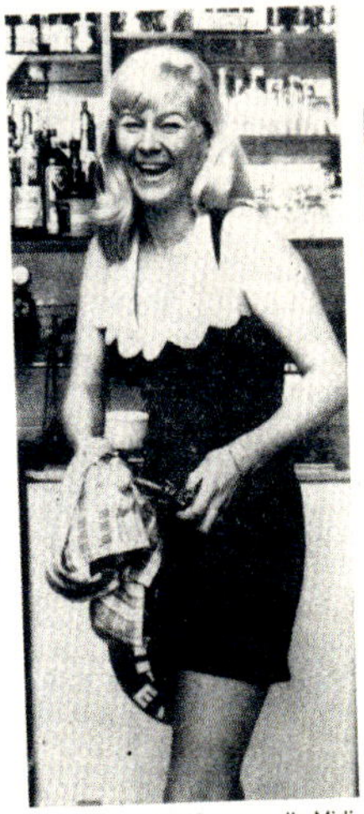

EINEN PROTESTZUG gegen die Midi- und Maxi-Mode plant die Wirtin Karin Bittermann, die mit Vorliebe Super-Minis trägt.

Mini-Mädchen auf den Barrikaden

Wirtin plant Protestzug gegen Midi und Maxi – Kampfmaßnahmen des Mini-Clubs

Die Bayreuther Wirtin Karin Bittermann (27) hat der Midi- und Maxi-Mode gnadenlosen Kampf angesagt. In der vergangenen Woche gründete die temperamentvolle junge Dame, die für ihr Leben gern superkurze Mini-Kleider trägt, einen Club für Super-Mini-Mädchen. Mit ihm will sie gegen die Diktatur der Modeschöpfer („was bilden sich diese Herren überhaupt ein?") auf die Barrikaden gehen. Als wirkungsvollste Kampfmaßnahme plant sie einen Protestzug aller Mini-Mädchen quer durch Bayreuth, wobei daran gedacht ist, „zur Abschreckung" auch eine Dame in Maxi mitzunehmen. Karins strategisches Rezept krankt bislang freilich unter einem paradox anmutenden Umstand: 80 Prozent der Clubmitglieder, die sich dem Protest verschrieben haben, sind Männer . . .!

Im Anzeigenteil des „KURIER" konnte man in der vergangenen Woche einen flammenden Appell der jungen Wirtin lesen: „Wir protestieren! Wir protestieren gegen Midi und Maxi! Mädchen und Frauen, wollt ihr euere Beine verstecken? Sollen euere Beine durch die Midi- und Maxi-Mode krumm erscheinen? Zeigt, was ihr zeigen könnt: Schöne Beine. Wir lassen uns nicht unterkriegen... Seid keine Trauerweiden. Macht mit und schreibt uns."

„Ich bin ein alter Knacker . . ."

Die erste spontane Reaktion auf diesen Aufruf kam von einem 66jährigen Bayreuther Arzt („ich bin zwar schon ein alter Knacker..."), der den „lieben, mutigen Mädels" schwarz auf weiß bescheinigte: „Ihr habt recht! Zeigt, was ihr habt."

Von Bayreuths Mini-Mädchen, die zum Widerstand aufgerufen waren, ließen sich zum Leidwesen von Karin bisher nur wenige aus der Reserve locken. Von denen, die mitmachen wollten, hielten außerdem einige der kritischen Musterung von Karins fachkundigem Auge nicht stand. „Da waren Beine dabei, die für einen öffentlichen Protestzug beim besten Willen ungeeignet sind. Mit so etwas kann man doch nicht für die Mini-Mode Reklame machen?"

Zu wenig Mumm?

Die beste Werbung für die Vorzüge der „alten" Mode ist Karin selbst. Ihr superkurzes Mini-Kleid („ich kann mich natürlich nicht bükken...") ist für die vielen männlichen Clubmitglieder das schlagkräftigste

Argument gegen Midi und Maxi. Karin über ihre Vorzüge: „Wenn ich Stöckelschuhe anhabe, könnte man denken, meine Beine hören überhaupt nicht mehr auf..." Die gebürtige Danzigerin, die vor zwei Jahren die Gaststätte „Zum Güterbahnhof" pachtete und zu einer Art Nachtlokal aufmöbelte, hat freilich ihre liebe Mühe damit, die Bayreuther auf die Barrikaden zu treiben. „Sie haben zu wenig Mumm", meint sie bedauernd.

Sobald das Stichwort Maxi fällt, kommt der Wirtin die Galle hoch. „Wie Fledermäuse sehen die Mädchen in den langen Mänteln aus. Das Geschlabber kann man doch nicht mit ansehen. Jede vernünftige Frau müßte sich aus Leibeskräften dagegen wehren, daß ihr so ein Blödsinn als neue Mode untergejubelt wird." Auf Midi ist Karin Bittermann fast noch schlechter zu sprechen als auf Maxi, weil es nach ihrer Überzeugung die Beine krumm erscheinen läßt. Sie kann Frauen nicht verstehen, die für „diese Verunstaltung" noch teueres Geld hinlegen. Midi und Maxi ist für sie die Bankrotterklärung der Couteriers — „eine Schnapsidee", die es mit aller Leidenschaft zu bekämpfen gilt.

Unterschriftenliste

Nach dem Purzelbaum der Mode sieht Karin freilich eine einmalige Chance, den Modeschöpfern die Grenzen ihrer Tyrannei aufzuzeigen. Das „gesunde Volksempfinden", wie es so schön heißt, scheint Karin auf ihrer Seite zu haben: Die Unterschriftenliste der Mini-Anhänger, die im Lokal aufliegt, wird von Tag zu Tag länger... Bernd Mayer

IN BAYREUTH noch ein verhältnismäßig seltener Anblick: Eine junge Dame im eleganten Maxi-Mantel.

NAMEN & DATEN

Einen Kugelschreiber hinterm Ohr und den Schalk im Nacken: So erlebten Generationen von Bayreuthern die Wirtslegende **Spiro**, den Chef des gleichnamigen griechischen Lokals an der Bürgerreuther Straße. Jetzt ist der gebürtige Grieche mit großem Herz für alle Bayreuther nach schwerer Krankheit verstorben.

Spiro war ein Original. Einer, der ohne Nachnamen auszukommen schien und vor Lebensfreude sprühte. An manchen Tagen, wenn ihn das griechische Lebensgefühl übermannte, legte er spontan eine griechische Kassette ein und tanzte mitten im Lokal, los – Sirtaki natürlich. Wenn er richtig gut drauf war, flogen auch schon mal Teller. Hoppla! Und wenn mal eine Familie mit einem neugeborenen Baby ins Lokal kam, streute er, ganz Grieche, auch mal Silberlinge in den Kinderwagen.

Spiros Kneipe – zuvor betrieb er, unweit des Volksfestplatzes, das Hotel am Fluss – war auch deshalb bei jungen Besuchern so beliebt, weil er a) das knoblauchigste Zaziki ganz Bayreuths und b) die größten Portionen auftischte. Legendär vor allem sein „großes Mischmasch" – ein Berg von Tintenfischringen und Schweinefleisch mit Krautsalat und Zaziki. Dazu empfahl Spiro seinen verdutzten Gästen gerne „Reißnägel oder Schnupftabak". Spiro war seit mehr als 25 Jahren mit Rositta Grammotzis verheiratet. Die wird Zum Spiro nun alleine weiterbetreiben. Weil Spiro es so wollte. NL 15/6/07 gdm

Wenn auch aus dem Protestzug nichts wurde, hatte Karin dann zumindest einen Auftritt in der „ZDF-Drehscheibe", die unter der Überschrift „Freiheit für Knie und Taille" über ihr Ansinnen berichtete. Möglicherweise brachte diese Werbung dann auch wieder dem „Güterbahnhof" mehr Gäste.

Sirtaki und Tellerwerfen

Im Sommer 1985 gelangte das Lokal unter dem Namen „Zum Spiro" zu neuer Blüte. Spiro und Rositta Grammozis zogen mit ihren Spezialitäten ein. Spiro war durch seine griechische Gaststätte in der Kleingartenkolonie am Flößanger (Spitzname „Hotel am Fluss") bekannt und beliebt. Nun zog er in die Bürgerreuther Straße um.

Er war immer für eine Überraschung gut. Wenn er gut gelaunt war, drehte er die Musik lauter und tanzte mit seinen Gästen Sirtaki. Dabei flogen auch immer wieder mal Teller durch das Lokal. „Da war nichts zu machen", lacht Rositta, „das ist ein griechischer Brauch, der Freude und gute Laune zeigen soll. Wir wollen das Leben genießen!" Im Jahr 2007 ist Spiro gestorben. Rositta führte das Restaurant in seinem Sinne weiter. Insgesamt stand die Bindlacherin bis zum August 2023 über 40 Jahre in der Küche und hinter der Theke.

Die Festspielrestaurants

Weihenstephan, Hirsch und Eremitage

Beinahe wie einstudiert wurde es im „Weihenstephan“ mucksmäuschenstill. Die Festspielgäste, die nach der Vorstellung in das Restaurant an der Bahnhofstraße gepilgert waren, legten das Besteck auf die Seite. Es erklang ein verhaltenes „Ahhh“. Nun spendeten sie, die Wagnerianer, dem nun betont erschöpften (aber frisch geduschten) Solisten einen herzlichen Applaus. Der grüßte demütig zurück und ließ sich von Ramon Lehnbeuter, dem Chef, in das Solistenzimmer begleiten. Ein kurzer Smalltalk – Ramon hatte zu tun. Doch kredenzte der legendäre Wirt des „Weihenstephan“ seinem umjubelten Gast sofort sein Bier im eigenen Bierkrug mit Namensgravur und Zinndeckel.

Das Lokal hatte während der Festspielzeit Kultstatus. Das „Weihenstephan“ war aber nicht nur Anlaufstelle für die Sängerprominenz. Auch andere bekannte Gäste wie Alfred Biolek, der NASA-Raumfahrtingenieur Jesco von Puttkamer, Filmregisseur Francis Ford Coppola oder Mutter Beimer aus der Lindenstraße fanden sich hier bereits ein. Ein Stargast war Vicco von Bülow, alias Loriot, der sich gleich zweimal mit „Knollennasenmännchen-Zeichnungen“ im Gästebuch verewigte.

Natürlich hatte auch Startenor Wolfgang Schmidt, der mit 46 Auftritten am Hügel der „Rekord-Siegfried“ ist, seinen eigenen Bierkrug und nutzte ihn rege. Direkt nach der Vorstellung brauchte er diesen Trubel allerdings nicht. Es zog ihn weg von der Innenstadt zu Peter und Sonja Kambach in den „Gasthof Hirsch“ nach St. Georgen oder zu Hans und Angie Jöckel in die „Eremitage“. Dort traf er spät am Abend viele Kollegen aus dem Festspielhaus. Martin Scholti oder Franz-Peter Wild aus der Statisterie, seinen Maskenbildner Alfi Ordnung, den

Hotel und Restaurant „Weihenstephan“.

Hans Jöckel (links) und Ramon Lehnbeuter, mit (v.l.) Christa Jöckel, dem langjährigen Bayreuther Siegfried Wolfgang Schmidt und Yvonne Berg.

Im Gästebuch des „Weihenstephan“ haben sich die prominenten Gäste verewigt, darunter auch Vicco von Bülow alias Loriot.

„Ring“-Regisseur Alfred Kirchner oder die humorvollen Solisten-Kollegen Mario Klein oder Rainer Zaun. Die Garantie, dass es lustig zugeht! Dann wussten auch Sonja Kambach oder Hans Jöckel, der einst wegen einer Stelle im Steigenberger-Festspielrestaurant aus der Pfalz nach Bayreuth gekommen war, dass es wieder spät werden würde. Die Festspielzeit war in der „Eremitage“ anstrengend, vor allem, wenn sich für den nächsten Tag Außenminister Hans-Dietrich Genscher oder der EU-Ratspräsident José Manuel Baroso zum Mittagessen angemeldet hatten: „Verschwindet jetzt, ich will noch kurz ins Bett!“

So vergingen die Jahre. Peter und Sonja Kambach hörten 2012 nach 30 Jahren auf und auch Ramon Lehnbeuter gab im Dezember 2019 das zu diesem Zeitpunkt 111 Jahre alte „Weihenstephan“ auf. „Jetzt ist es genug. Man soll aufhören, wenn es am schönsten ist“, war ihr Fazit. Fast gleichzeitig kündigte Hans Jöckel den Pachtvertrag für das „Hotel Eremitage“ und übernahm die „Eremitenklause“. Egal, ob bei Sonja, Ramon oder Hans, die Künstler und die Festspielgäste fühlten sich in allen drei Lokalen wohl. Loriot natürlich auch. Vicco von Bülow brauchte nicht viele Worte, als er sich dem berühmten Marcel-Proust-Fragebogen im Magazin der Frankfurter Allgemeinen Zeitung stellte: Auf die Frage nach dem vollkommenen Glück sagte er: „Bayreuth – Ankunft.“ Und nach dem größten Unglück: „Bayreuth – Abfahrt.“ Natürlich meinte Vicco von Bülow die Festspiele, aber vielleicht auch ein bisschen das „Weihenstephan“.

Bürgerreuth, Eule und Wolffenzacher

Heute sind die „Bürgerreuth“, die „Eule“ und der „Wolffenzacher“ beliebte Traditionslokale der Festspielgäste. Der Name des „Wolffenzacher“ am Sternplatz geht zurück auf Zacharias Wolff, der von 1821 bis 1854 Hauseigentümer war. Vor ihm waren wohl schon Bierbrauer und Bäcker hier ansässig, sind doch an der Hauswand Bäckerbrote dargestellt.

Auch die „Bürgerreuth“ oberhalb des Festspielhauses hat eine lange Tradition und findet bereits im Tagblatt vom 7. Mai 1872 Erwähnung. Einen Tag vorher hatte bei strömendem Regen die Grundsteinlegung des nahen Siegesturms stattgefunden. „Nach der Feier war auf der nahegelegenen Bürgerreuth bei gutem Aktienbier und den landesüblichen Bratwürsten ein fröhliches Völkchen versammelt, das gegen die Nässe von außen als letztes Präservat Nässe von innen in Anwendung brachte“, ließ die Zeitung verlauten.

Zeitgleich wurde auf der anderen Seite der Bürgerreuth ein zweites Bauwerk in Angriff genommen. Richard Wagner setzte am 22. Mai 1872 den Grundstein für sein Festspielhaus, ebenfalls bei strömendem Regen. Das Präservat gegen die Nässe holten sich Richard und Co. damals aber im „Anker" und in der „Sonne".

Fedor Radmann – Vom Festspielhaus zum Sommermärchen

Franz Beckenbauer hat in seiner Fußballerkarriere alles gewonnen, was es zu gewinnen gab: Deutscher Meister, Europapokalsieger und Weltmeister als Spieler und Trainer. Endgültig zur „Lichtgestalt" wurde der Kaiser, als es ihm auch noch gelang, die Fußball-Weltmeisterschaft 2006, das „Sommermärchen", nach Deutschland zu holen. Sein wichtigster Berater war der erfahrene Sportfunktionär Fedor Radmann, den er sich als seinen Vize in das Organisationskomitee holte, ein Mann, der in der Bayreuther Gastronomie aufgewachsen ist.

Zwei Lokale - eine Speisekarte für den Fernsehturm in Stuttgart und das Bayreuther Festspielrestaurant.

Sein Vater Fedor Radmann (senior) erlangte 1956 als erster Gastronom in der Höhe des Stuttgarter Fernsehturms überregionale Bekanntheit. Mit seiner Frau Doris führte er von 1963 bis 1978 auch das Bayreuther Festspielrestaurant. So kam es, dass auf den Speisekarten sowohl das Festspielhaus als auch der Stuttgarter Fernsehturm abgebildet waren. In beiden Lokalen musste der junge Fedor Radmann („junior") ran. In Bayreuth arbeitete er viele Sommer in der „Servicebrigade" und bewährte sich 1975 auch als Krisenmanager. Als einmal die gesamte Belegschaft in den Ausstand trat, rekrutierte er in Windeseile neues Bedienungspersonal direkt aus dem Hörsaal der damals neu gegründeten Universität Bayreuth.

Hier und dort erlebte er den Besuch von prominenten Gästen. Im Jahr 1965 genoss zum Beispiel die Queen Elisabeth II. bei einem Gläschen Sekt die Aussicht von dem 216 Meter hohen Stuttgarter Fernsehturm, während die „Miss Frankreich" Yvette Blanche Labrousse, die umjubelte Begum Aga Khan, am Grünen Hügel von ihm bedient wurde.

Fedor Radmann konnte alle Aufführungen sehen. Festspielleiter Wolfgang Wagner erlaubte ihm den Zutritt hoch oben auf den Beleuchterturm. Umgekehrt hatte auch Wolfgang Wagner seine Vorteile. Er durfte sich die Wurst direkt aus dem Kühlschrank der Radmanns nehmen.

Geschichten um Angela Merkel

Die „Eule" in der Kirchgasse.

1962: Die „schwarze Venus" Grace Bumbry mit dem Tenor Erwin Andreas Jäckel in der „Eule".

Ein Vorfall mit der Bundeskanzlerin am 25. Juli 2015 sorgte für reichlich Wirbel und lenkte von Katharina Wagners „Tristan"-Neuinszenierung ab. Eine große Boulevardzeitung hatte zunächst berichtet, dass Angela Merkel „während einer Kaffeepause im Festspielrestaurant in Ohnmacht gefallen und von ihrem Stuhl gerutscht" sei. Klar, dass viele andere Medien diese Meldung schnell aufnahmen und noch ein wenig ausschmückten: „Ein Kollaps in der ersten Pause des ‚Tristan'. Mehrere Personen am Tisch der Kanzlerin haben sofort Hilfe geleistet. Norbert Lammert half Angela Merkel wieder auf die Beine, während Oberbürgermeisterin Brigitte Merk-Erbe den kaputten Stuhl der Kanzlerin austauschte." „Nicht Merkel ist kollabiert, sondern nur ihr Stuhl, nicht die Kanzlerin ist zusammengebrochen, sondern das Sitzmöbel", hieß es schließlich in den aktualisierten Fassungen. Die Kanzlerin meldete sich erst nach der Vorstellung zu Wort: „Mir hat die Inszenierung von Katharina Wagner gut gefallen!"

Angela Merkel war von 2005 bis 2021 die mächtigste Frau der Welt. Ihr Ehemann Joachim Sauer, der Professor an ihrer Seite, hat sich in diesen Jahren öffentlich rar gemacht. Allein auf dem roten Teppich vor dem Festspielhaus stellte sich das Paar seit 1991 gemeinsam den Fotografen. Erkannt wurde Sauer dennoch nicht immer. So wurde die Kanzlerin beim Staatsempfang im Neuen Schloss zu den ersten Reihen vor dem Rednerpult durchgelassen, Herr Professor Sauer, der erst nach ihren Sicherheitsleuten kam, nicht: „Tut mir leid, Sie dürfen da nicht durch."

Während sich dieser Sachverhalt schnell geklärt hat, blieb ein anderer möglicherweise offen: „Wissen Sie, dass Sie eine entzückende Ähnlichkeit mit unserer Bundeskanzlerin haben", sagte ein älterer Herr am Frühstücksbuffet im „Hotel Stein" zu Angela Merkel. Die Kanzlerin lächelte zurück und antwortete: „Ja, das höre ich immer wieder."

Eine weltweit bekannte Künstlerkneipe

Die Geschichte der „Eule" als Künstlerkneipe begann im Sommer 1908, als der neu gekürte Festspielleiter Siegfried Wagner die Traditionswirtschaft zu seiner Stammkneipe machte. Dort ging es recht lustig zu, wie aus den städtischen Akten hervorgeht. Mit Datum vom 21. Juli 1911 ging ein Brief vom Stadtmagistrat in der Kirchgasse ein. Dem Gastwirt Hans Meyer wurde eröffnet, dass die lebhaftesten Beschwerden über die „Eule" erhoben worden waren und die Ruhestörungen unterdrückt werden müssten. Der „Eulen"-Wirt wurde verpflichtet, ab 11 Uhr abends vor seiner Wirtschaft nicht im Freien auszuschenken, keine geräuschvollen Gespräche stattfinden zu lassen und die Türen und Fenster geschlossen zu halten.

Ihren weltweiten Ruf erwarb sich die „Eule" jedoch durch die legendäre Anny Meyer, die das Lokal von 1937 bis 1967 leitete. Als Sasionkraft angestellt, hatte sie sich schon ein Jahr später den jungen „Eulen-Meyer" als Ehemann geangelt. Unzählige Prominente haben bei der „Eulen-Meyerin" gefeiert: die Begum Aga Khan, die Eislaufprinzessin Marika Kilius, der Literaturkritiker Marcel Reich-Ranicki oder der Schauspieler Gunter Philipp, der mit Peter Alexander, Harald Juhnke, Theo Lingen oder Hans Moser den Unterhaltungsfilm bis in die 1970er-Jahre prägte.

Der humorvolle Schriftsteller Herbert Rosendorfer erinnerte sich an die Eulen-Wirtin: „Eine resolute Dame, die ihre Gäste mit umwerfender Unfreundlichkeit behandelt. Das kann sie. Wer von den Festspielgästen etwas auf sich hält, geht in die ‚Eule'. Das kleine Lokal ist natürlich im Nu überfüllt. Eingeborene Bayreuther wirft die Wirtin einfach hinaus. Die nehmen es nicht weiter tragisch. Wird man aber als Festspielgast hinausgeworfen, und sei es wegen Überfüllung, so ist das der gesellschaftliche Tod. Ich habe schon Töchter der Hochfinanz in ihren Nerz rotzen sehen, weil kein Platz zu haben war."

Auf einer Kohlenkiste in der Küche saß Hans Knappertsbusch. Der strenge Dirigent ließ gerne mal eine Probe ausfallen, um schnell in die „Eule" zu kommen. Mit den Worten: „Meine Herren, Sie kennen das Stück, ich kenne das Stück, Wiedersehen bis morgen Abend", klopfte er so manche Orchesterprobe gleich zu Beginn ab und eilte zum „Wallfahrtsort der Wagnerianer". Abseits vom Trubel im Lokal bestellte er sich seine geliebten Bratwürste. Dann kam ihm auch einmal ein Lächeln über die Lippen – eine außerordentliche Seltenheit, denn normalerweise war er bärbeißig. „Seitdem ich die beiden Wagner-Enkel kennengelernt habe, weiß ich erst, was für ein Arschloch Richard Wagner gewesen sein muss", war einer der deftigen Aussprüche, die der „Kna" in Anwesenheit von Oberbürgermeister Hans Walter Wild in feuchtfröhlicher Runde ausrief.

Dazu passt auch eine Geschichte, die Wolfgang Wagner in seiner Biografie „Lebensakte" verewigte. Der „Kna" und sein Dirigentenkollege Joseph Keilberth waren heillos zerstritten. Keilberth kam zum Festspielleiter, um sich den Frust von der Seele zu reden und zu trinken. Wolfgang Wagner: „Er trank mehrere tröstende Bocksbeutel. Und dann teilte er mit, dass er noch zu einem Absacker in die Eule fahren werde." Nachdem es dem Festspielleiter nicht

Sie freuten sich in der Künstlerkneipe „Eule" über den Erfolg der Erotik-Kinokomödie „Frau Wirtin hatte auch einen Grafen": die Schauspieler Rosemarie Lindt, Jacques Herlin und Terry Torday (von links) mit der damaligen Eulenwirtin Johanna Heise.

gelang, ihm den Autoschlüssel abzunehmen, rief er die Stadtpolizei an. Die Beamten schauten sich die Sachlage an. Statt Keilberth den Autoschlüssel abzunehmen, ließen sie ihn selbst ans Steuer, nahmen seinen VW-Käfer mit ihren zwei Dienstwagen in die Mitte, um ihn mit Blaulicht sicher zum Markt zu geleiten. Wolfgang Wagner dachte noch lange wehmütig an solch städtische Serviceleistungen zurück, in der die Promille nicht den strafenden Arm des Gesetzes beschworen, sondern dessen verständig-bedachtsam helfende Hand.

Der „Eulen-Meyerin" waren alle Eigenheiten und Lieblingsspeisen ihrer Gäste bekannt. So hatte die junge Sopranistin Anja Silja eine Vorliebe für Petersilie, weil es angeblich ihrer Stimme zugutekam. Wieland Wagners Lieblingsgericht waren gefüllte Täubchen, und Mutter Winifred hatte sich für den Verzehr von Krebsen eine Kittelschürze geben lassen, um ihr Kleid nicht zu beschmutzen. Zwischendurch wies sie ihre Enkel darauf hin, dass „sie ruhig sitzen sollen, weil sie hier nicht im Schwimmbad wären". Als sie die Krebse gegessen hatte, rief sie: „So, jetzt möchte ich was ‚Gescheites' zu essen, jetzt hab' ich richtig Hunger bekommen." Danach soll es dann noch einen Braten mit Kloß und einer deftigen Soße gegeben haben.

Die Wirtin von der Lahn

In den 1960er-Jahren wurde die morsche Moral der Nachkriegsgesellschaft von einer entfesselten Jugend vom Sockel gestoßen. Beatmusik, Hippies und lange Haare standen für diese „68er"-Generation, die von keuscher Enthaltsamkeit, frommem Gehorsam und gebührlichem Respekt vor der Obrigkeit die Nase voll hatten. Das zeigte sich auch auf den Kinoleinwänden. Durch die Liberalisierung der Sexualmoral hatten viele „schlüpfrige" Filme Erfolg. Viele gestandene und bekannte Schauspieler gaben sich für die Sexfilm-Klamotten her. Sogar Uschi Glas zeigte sich in „Zur Sache, Schätzchen" sehr verführerisch in Unterwäsche. Einen Sensationserfolg hatte die Filmkomödie „Frau Wirtin hat auch einen Grafen", die 18 Wochen „frech, amüsant, pikant, deftig, kräftig, saftig und unerhört sexy" in den Bayreuther Kinos lief. Das feierten die Schauspieler Rosemarie Lindt, Jacques Herlin und die bezaubernde Terry Torday, als unwiderstehlich aufreizende „Wirtin von der Lahn", in der „Eule". Die „Eulenchefin" Johanna Heise begrüßte sie herzlich und führte womöglich so von Wirtin zu Wirtin auch das ein oder andere Fachgespräch ...

Heute wird die Traditionskneipe von Harald Kaiser geführt, einem Urgestein der Bayreuther Gastronomie. Seit die „Eule" im Juli 2012 nach einer aufwändigen Sanierung wieder eröffnet hat, finden sich Festspielkünstler und Festspielgäste gerne wieder in der Kirchgasse ein. „Wir haben in der Festspielzeit jeden Tag auf", sagt der „Eulen"-Wirt, „mittags, abends und noch nachts nach der Oper." Die Küche ist auch noch geöffnet, wenn seine Gäste um 23.30 Uhr von der „Götterdämmerung" kommen.

Bayreuth feiert!

Das Bayreuther Winterdorf

„Ja, ist denn heut' schon Weihnachten? In Bayreuth riecht es ab sofort wieder nach Glühwein und Lebkuchen. Der früheste Weihnachtsmarkt Deutschlands hat seine Tore geöffnet – weit vor der Adventszeit." So steht es jedes Jahr Mitte Oktober in den deutschen Gazetten.

Das Winterdorf, das längst zu einer überregionalen Attraktion geworden ist, hat natürlich mit dem Christkindlesmarkt während der Adventstzeit nichts zu tun. Die Anfänge waren im Jahr 2002 in der Unteren Fußgängerzone. Damals stand da nur das „Nikolaushaus", das aber den Grundstein für den Erfolg legte. Aus der einzelnen Holzhütte wurde nach und nach ein Dorf, das 2007 aus Platzgründen vor das Alte Schloss am Markt umzog. Mit viel Liebe zum Detail verwandelt das Team um Max Vogel den Ehrenhof Jahr für Jahr in ein Hüttendorf mit Alpenflair und Kaminfeuer. Dazu gibt es jede Menge Glühwein-, Punsch- und Heißgetränkesorten, das „Bayreuther Hell" im Winterdorf-Design und natürlich die legendären „Baraider Bratwürste".

Die Zeitungsmeldungen stießen übrigens bei Krichenvertetern auf Kritik. So kritisierte das Bistum Essen „die Weihnachtsmärkte als Marketinginstrument". Weihnachten sei aber das Fest der Geburt Jesu. Dem kann man vorbehaltlos zustimmen. Hier geht's ja nicht um Weihnachten, sondern um den Startschuss in den Winter ...

Das Bayreuther Bürgerfest

Im Herbst 1978 wurde die erste Fußgängerzone eröffnet. Von der Spitalkirche bis runter zum „Nenninger" am Ring konnten sich Fußgänger nun autofrei bewegen. Das sollte gefeiert werden, sodass Fremdenverkehrsdirektor Jo Schumacher ein „Bürgerfest" initiierte und gleich mal die komplette Maxstraße für den Autoverkehr sperrte. Es gelang ihm, alle fünf Bayreuther Brauereien – Aktien, Maisel, Schinner, Glenk und Becher – unter einen Hut zu bringen. Die Brauer stellten ihre Biergarnituren auf, „Brotwerscht-Ständla" gesellten sich dazu. Mehr brauchte Schumacher nicht. Das erste Bürgerfest wurde ein riesiger Erfolg. Klar, dass Oberbürgermeister Hans Walter Wild total begeistert war und mit Schumacher beschloss: „Das machen wir nächstes Jahr wieder – und vor allem viel größer!"

Jo Schumacher legte los und erweiterte das Bürgerfest erst an zwei, dann an drei Tagen über den ganzen Stadtkern hinaus. Schon 1979 ließ er einen Bierkrug mit einer Stadtsilhouette entwerfen, der ruck, zuck ausverkauft war. Seitdem erhält das Bierseidla eine Jahreszahl und ist bis heute mit seinen wech-

Freunde des guten Geschmacks mit kreativen Schildern bei der Bayreuther Misswahl.

Die Misswahl auf dem Volksfest war immer für Überraschungen gut.

Das Bayreuther Original Dieter „Seele“ Seliger einem Tänzchen mit der frisch gekürten Miss.

selden Motiven ein Sammelobjekt. Themen sind runde Geburtstage von Wilhelmine, Wagner, Liszt oder Jean Paul, Städtepartnerschaften oder Ereignisse aus der Stadtgeschichte.

Wer die „Krügla“ fleißig sammelt, hat quasi eine schöne Chronologie aus den letzten Jahrzehnten der Stadtgeschichte zu Hause.

Das Bayreuther Volksfest

Er war jahrzehntelang der „Kultwirt“ schlechthin, ein Pfundskerl und Original. Da stand er in seinem Festzelt mit seiner legendären grünen Schürze mit der Aufschrift: „Ich bin der Chef“. Sepp Kainz begann als Rausschmeißer auf der Reeperbahn und als Hähnchenbrater beim Oktoberfest. Im Sommer 1968 machte er sich in Nürnberg selbstständig und wurde zur Volksfest-Legende. Im Herbst 2011 gab der Festwirt nach 43 Jahren sein Festzelt an seinen Sohn Josef ab, im Juni 2018 ist der „Kainzn-Sepp“ im Alter von 78 Jahren gestorben.

Die Bayreuther lernten den „Bauern-Sepp“ im Mai 1980 kennen. Verkehrsdirektor Jo Schumacher und Platzmeister Werner Geißler lockten den Nürnberger und seine Frau Christa an den Roten Main. Seitdem pendelte die Familie Kainz hin und her. Die Volksfeste in Nürnberg und Bayreuth lagen weit auseinander, sodass er seine „beiden Lieblingsstädte“ bedienen konnte.

„Wir konnten uns immer auf den Sepp verlassen“, erzählt Jo Schumacher, „wenn irgendwo ein Problem aufgetaucht ist, wurde er spontan zum Platzmeister und fand sofort eine Lösung.“ Er war überall beliebt, war Ehrenfahnenträger des Schaustellerverbandes und Ehrenjunker der Braunbierritter. Sepp war ein glühender Fan des 1. FC Nürnberg. Oft genug musste er hochnervös um seinen Club zittern. Wie 2009 bei den Relegationsspielen gegen

Cottbus und ein Jahr später gegen Augsburg, als alle Schausteller in der Aufbauwoche ihre Arbeit unterbrechen mussten, um beim Sepp Fußball zu schauen. Die Stimmung war großartig. Im Mai 2009 hatte die Bundesliga ihren Club wieder und 2010 konnte der Abstieg abgewendet werden. Es gab Freibier vom Sepp!

Der Bieranstich zur Eröffnung des Volksfestes fand immer im großen Festzelt statt, beim Frühlingsfest war der „Bauern-Sepp“ im kleineren Zelt der Gastgeber. Dort kam es im April 2003 zu einem ganz besonderen Rekord. Obwohl Bürgermeister Bernd Mayer nach 23 Schlägen (!) endlich den Zapfhahn in dem auf einem sehr wackligen Tischchen stehenden Fass hatte, lief das Bier immer noch nicht so richtig. Brauereichef Hans Schinner drehte oben auf, Festwirt Sepp Kainz schlug noch einmal drauf und schon ging die Post ab ... in Richtung der ersten Sitzreihen. „So etwas habe ich noch nie erlebt!“, sagte der Sepp, der nach diesem Auftritt zum Duschen in seinen Wohnwagen ging. Die größte Ladung von dem schaumigen Nass hatte der „günstig sitzende“ Mundart-Dichter Reinhold Hartmann abbekommen. Frisch geduscht kam der Sepp mit seiner Drehorgel zurück, die er eigentlich nur bei Geburtstagen spielte. Bei diesem Bieranstich machte er eine Ausnahme. Zur Feier des Tages.

Misswahl beim Volksfest

„Wir haben versucht, diese Misswahl auch auf anderen Festplätzen zu etablieren“, lacht Festwirt Franz Widmann, „aber Bayreuth ist und bleibt einmalig!“ Ohne Skandalchen und Überraschungen ging die Misswahl im Festzelt des Volksfestes fast nie ab.

Was haben wir nicht alles erlebt: Im Jahr 1991 wurde die Veranstaltung bundesweit bekannt, weil ein Mann gewählt wurde, der sich erst später einer Geschlechtsumwandlung unterzog. Michelle war damals in der kompletten deutschen Regenbogenpresse zu bewundern. Wir sahen die 14-jährige Schülerin Elma, die sich als 18-jährige Kosmetikerin vorstellte und prompt gewählt wurde. Wir erlebten, dass ein beleidigter Freund auf die Jury losging, eine Kandidatin, die den zunehmend nervöser werdenden Moderator Christian Höreth ausziehen wollte und den blanken Busen eines „Fotomodells“ aus Prag. Als sie sich den Bikini vom Körper riss, wurde sie disqualifiziert. Natürlich lernten die Veranstalter dazu: Seit Michelle stellten sich Mädchen im Bikini vor, seit Elma mussten sie ihren Ausweis zeigen.

Die „oktoberfesterfahrenen“ Bierzeltkapellen bestaunten die „Kultveranstaltung“, die die Moderatoren Christian Höreth und Phil Funfak gerne „ein epochales Ereignis der Kultur und des Intellekts“ nannten. Die „Freunde der gehobenen Unterhaltung“ im Publikum waren mit Schildern und Transparenten bestens vorbereitet.

Am Ende verkündeten die Moderatoren, die die Mädchen so gut es ging vor den nicht immer feinfühligen Bemerkungen und Gesten schützten, das Ergebnis. Es gab die obligatorische Schärpe, Geschenke waren der Bikini, Einkaufsgutscheine, Freifahrten und Gutscheine. Und dann begleitete die Jury die neue „Miss Bayreuth“ auf eine Volksfestrunde, die im Festzelt von Sepp Kainz zum letzten Umtrunk endete.

So war 1991 es auch bei Michelle. Sie wippte mit den Hüften, hatte Charme und Esprit. Die Menge tobte und die Jury wählte sie zur Miss Bayreuth. Doch war da halt der kleine Schönheitsfehler: An diesem Abend war Michelle noch Michael, ein Mann. Das kam schnell heraus. Michael war das egal. „Ich habe geweint vor Glück", sagte Michelle später immer wieder und erzählte den Journalisten, wie schön das Gefühl war, als Frau wahrgenommen zu werden. Ein Millionenpublikum sah Michelle in der ARD-Talkshow „Boulevard Bio" mit Alfred Biolek.

Ein beliebtes Original: Der Bayreuther Elvis.

Der Aloha-Overall aus „Nabbaleder".

Der Bayreuther Elvis und der Aloha-Overall aus Nabbaleder

Elvis lebt! Und alle grüßen freundlich, wenn sie das Bayreuther Urgestein auf dem Volksfest vor dem Auto-Scooter sehen. Dann trägt Manfred Scheler, so heißt er wirklich, einen seiner Elvis-Anzüge. Bei der legendären Misswahl im Bierzelt wurde er gerne von Mainwelle-Moderator Christian Höreth auf die Bühne gerufen. Dann wollte die johlende Masse ein Tänzchen von ihm sehen. Der echte Elvis schwang regelmäßig seine Hüften, sodass seine Fans beim „Jailhouse Rock" reihenweise in Ohnmacht fielen. „Konnst du des a?", fragte Christian. „Nein", sagte er, „so einen Hüftschwung hob ich net, do däd ich mir des Kreiz aushänga!", um dann trotzdem zu tanzen. Die Menge tobte.

Nach seinem größten Wunsch gefragt, den ohnehin jeder weiß, bekannte er: „Seit 30 Jahren will ich den Aloha-Overall aus weißem Handschuh-Glattleder mit dem Weißkopfseeadler, den roten und blauen Schmucksteinen und den goldenen Sternlasnieten." Aber auch jeder weiß: Den wohl schönsten Overall, den sein Idol in Hawaii getragen hat, kann sich unser Elvis nicht leisten.

Da machte ihm der Moderator ein Angebot: „Ich denke, dass ich nach einem Aufruf über die ‚Mainwelle' genügend Spenden sammeln kann, um dir den Aloha-Overall aus Nabbaleder nähen zu lassen." „Mega wär des", sagte Elvis und, „let's go, hodda immer gsocht, der Elvis." Und Christian Höreth legte los! Er machte Radiodurchsagen und verkaufte T-Shirts mit dem Aufdruck „Aloha from Bareid" für den guten (und absolut) sinnvollen Zweck.

Im Juni 2019 war es so weit. Auf dem Volksfest bekam Elvis seinen Aloha-Hawaii-Elvis-Overall. „Ich war noch nie so glücklich", sagte er, „all my dreams fulfilled, Höreth I love you!"

Kneipe und Discoclub: Die Rosenau

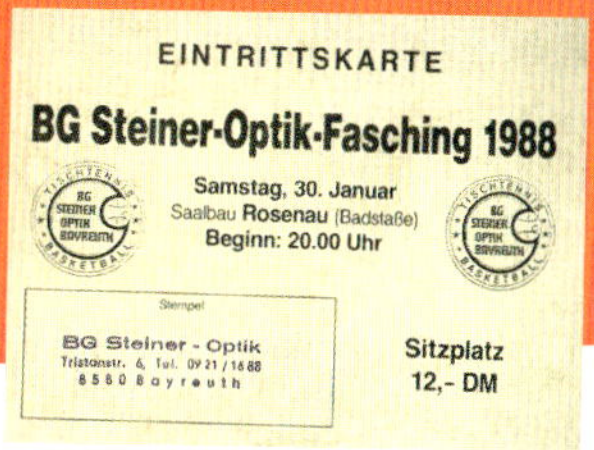
EINTRITTSKARTE

BG Steiner-Optik-Fasching 1988

Samstag, 30. Januar
Saalbau Rosenau (Badstaße)
Beginn: 20.00 Uhr

Stempel
BG Steiner - Optik
Tristanstr. 6, Tel. 0921/1688
8580 Bayreuth

Sitzplatz
12,- DM

„Wo haben Sie sich kennengelernt?“, fragte Oberbürgermeister Dr. Dieter Mronz das Ehepaar Hans und Frieda Endemann, als er im Oktober 1993 seine Glückwünsche zum 70. Hochzeitstag überbrachte. „In der Rosenau“, lachten die beiden und fügten hinzu, dass es da den Saalbau noch gar nicht gab, „der wurde erst zwei Jahre später hinter der eigentlichen Rosenau gebaut.“ In dem Moment war allen Anwesenden anzumerken, dass sie gerade ihren eigenen Erinnerungen an die Rosenau in der Badstraße nachhingen.

Fasching der Basketballer mit den deutschen Meistern. Im Eishockey-Trikot: Basketball-Nationalspieler Michael Koch.

Zwei Birgits, Jürgen und Lepo feiern in der „Rosenau“.

Wenn es heute um die Rosenau geht, denken wir an die „Rosi“. An den Discoclub, einem Hexenkessel, der einem Saunagang gleichkam. Donnerstag war Rositag – bis zum 11. Mai 2017. Fast genau 94 Jahre, nachdem sich dort Hans und Frieda das erste Mal getroffen hatten, notieren wir einen wahrlich tragischen Tag. Am Nachmittag bereiteten Pyrotechniker ein Feuerwerk vor. Ein Fahrrad sollte verlost werden, mit einem kleinen Indoor-Feuerwerk für den Gewinner. Bei der Probe entkam ein Knallkörper in einen Lüftungsschacht, das Gebäude brannte komplett ab und von dem Ort, an dem jetzt ein modernes Wohnhaus steht, blieben nur Erinnerungen.

Für Florian Zinnecker ist es die Erinnerung an Schweißgeruch und der Geschmack von warmem Bier, schal geworden durch das Schwappen in der Flasche beim Tanzen. Er erinnert sich an das Kondenswasser, das von der Decke tropfte, an den klebrigen Boden, die nassen Rücken der Gäste, die Luft mit der Temperatur einer gut durchbluteten Herzkammer. Da waren die Discokugeln, die sich über den Köpfen der Leute drehten: „Ein Freund sagte immer, sie erinnern ihn an die Monde eines fremden Planeten, aber er hatte dann immer schon sehr viel getrunken.“ Florian Zinnecker: „Die Leistung der ‚Rosi‘ war es, zu vereinen: Frauen und Männer und alle, die es werden wollten. Menschen, die sich zu Musik bewegen können, und andere, die es trotzdem taten. Menschen, die ein-

Stimmung in der Kneipe. Basketballer Ingo Froese feiert Geburtstag.

Eddy und Ingo. Eddy Hübner ist seit Jahrzehnten als Betreuer der Basketballer Kult.

Deutscher Meister Calvin Oldham mit Brigitte Froese und Peter Pühl.

fach nur feiern und tanzen wollten, andere, für die der Abend als verloren gelten würde, wenn sie hier und heute nicht die Person finden, die sie mindestens für die nächsten Wochen für die Liebe ihres Lebens halten, oder wenigstens jemanden für heute zum Knutschen."

Bei Thorsten Gütling ist die „Kalte Muschi" hängen geblieben, das Wein-Cola-Gemisch, das man sich zuhause kaum auszusprechen traute. Amaretto wurde wahlweise mit Apfel- oder Kirschsaft getrunken, zur Happy Hour gab es Tequila für einen Euro und Aktien-Pils wurde gereicht, das trotz kleiner Flaschen im Handumdrehen warm wurde und damit eigentlich ungenießbar: „Pech hatten die, die fahren mussten. Die nuckelten an in Plastikflaschen verpacktem Wasser mit Koffein. ‚Water Joe' nannte sich das Gesöff und wenn es irgendwo auf dieser Welt Gerechtigkeit gibt, dann sind die letzten Flaschen mit der Rosi in Flammen aufgegangen." Apropos Wasser: Oft standen die Leute knöcheltief in selbigem, das sich auffallend oft aus der Damentoilette seinen Weg auf die Tanzfläche bahnte.

In keinem anderen Schuppen wären die Gäste unter diesen Umständen geblieben, für Rosi-Gänger klang das Plätschern hingegen wie eine Begrüßung: „Willkommen! Die Woche ist geschafft. Hier bist du richtig." So wurde die „Rosi" zu einer Institution des Nachtlebens und Legende am Partyhimmel.

Der Rausschmeißer war immer „New York, New York" von Frank Sinatra. Dann war es kurz vor dem Morgengrauen und viele begannen nach ihrer Jacke zu suchen. Am Ende eines Rosi-Abends herrschte Selbstbedienung an einer Garderobe, an der das Personal sich zwar bezahlen ließ, die Bewachung der Kleidung aber irgendwann einfach aufgab.

Es gab in der Stadt und im Umkreis Diskotheken, Bars und Clubs, von denen die meisten versuchten, möglichst glamourös zu sein. Andere waren Spelunken. Die „Rosenau" mitten im Stadtzentrum wollte nicht irgendwie sein. Hier gab es donnerstags die Uni-Fete, freitags die Kollegstufen-Party, samstags auch irgendwas, egal, die Leute waren eh immer die gleichen. Das machte die Nächte so groß, dass sie zwar irgendwann aufhörten, aber nie zu Ende waren, weil es bis zu dem tragischen Tag am 11. Mai 2017 immer ein nächstes Mal gab.

Natürlich war in der „Rosenau" zwischen den Tanzeinlagen von Hans und Frieda Endemann

Der tragische letzte Tag: Am 11. Mai 2017 stand die „Rosenau" in Flammen. Die Ruine wurde abgerissen und ein modernes Wohnhaus gebaut.

und jenen von Florian Zinnecker und Thorsten Gütling jede Menge los. Von 1920 bis zum 1. Mai 1987, als Gerd Herold und Michael „Magoo" Härtel übernahmen, kümmerte sich die Familie Strömsdörfer um die Gäste. Walter Strömsdörfer war hier 1920 geboren worden und hatte sein ganzes Leben in der „Rosenau" verbracht. Sein Vater Georg, ein stadtbekannter Tanzmeister, hatte den Neubau nach dem Ersten Weltkrieg errichtet und 1925 den Saal für seine Zwecke umgebaut. Nach einem Bombentreffer am 11. April 1945 musste die Familie wieder von vorne anfangen. Gemütlich, romantisch und familiär führten sie ihre Gastwirtschaft. Legendär war die unübertreffliche Sülze mit Bratkartoffeln von Anni Strömsdörfer.

Gerd Herold und Michael Härtel machten aus dem altehrwürdigen Wirtshaus ein Lokal für junge Leute. Die durften überall sitzen, nur nicht gleich rechts am langen Tisch neben dem Eingang. Dort saß täglich (!) der Stammtisch der „Manns-Brüder", die mit dem Einzug einer Pizzeria aus dem „Manns-Bräu" verbannt wurden. Sie blieben bei Magoo, weil sie ihren alten Bierpreis behalten durften. Deal! Am Stammtisch, das wurde jeder Bedienung erklärt, kostet das Bier „fuffzig" Pfennige weniger.

Relativ schnell wurde die „Rosenau" auch Treffpunkt der Basketballer. Die hatten im April 1989 nach fünf dramatischen Finalspielen gegen Bayer 04 Leverkusen die Deutsche Meisterschaft gewonnen. Kapitän Michael Koch bekam das „Meisterschild", ein Brett, auf dem mit bunten Plättchen das Emblem des DBB aufgeklebt war. Mit diesem „Meisterschild" und einer großen Fangemeinde zogen Michael und Bertram Koch, Buzz Harnett, Alvin „Bo" Dukes, Calvin Oldham, Uwe Sauer und Co. jubelnd zur nahen „Rosenau". Dort wurde in Kneipe und Saal der Erfolg feuchtfröhlich bis in die frühen Morgenstunden gefeiert.

Zwei Tage später läutete bei Magoo das Telefon. „Herr Härtel, sagen Sie einmal. Wissen sie vielleicht, wo das Meisterschild geblieben ist?", fragte ein Vereinsfunktionär, „Sie wissen schon, das große Brett!" Magoo wusste es nicht. Mit der Hand über dem Telefonhörer fragte er seine Mitarbeiter. Sein Koch drehte sich um und hob ein großes Brett in die Höhe: „Maanst du des?", fragt der Küchenmeister, „des lag auf dem Buffet. Ich hab's zu den andern Schneidbrettern getan und grade Zwiebeln drauf geschnitten!" Magoo räusperte sich ins Telefon: „Ja, der Meisterschild ist da. Wir haben gut darauf aufgepasst!"

Nachtlokal: Der Eck-Schoberth

„Wir müssen uns freimachen von dieser kleinlichen alten Bebauung, die auch die Grundstücke ungünstig nützt ...", sagte Oberbürgermeister Hans Walter Wild, als es um den Abbruch des „Eck-Schoberth" ging. Und so wurde der tief in der Volksseele verankerte anheimelnde Fachwerkbau das schwerste Opfer für den Ausbau des Stadtkernrings. Am Freitagabend, den 28. Juni 1974, war statt des „Eck-Schoberth" nur noch ein Trümmerhaufen zu finden.

Viel Verkehr im Graben und mittendrin das Fachwerkhaus mit dem „Eck-Schoberth".

Damit war eine fast 300-jährige Wirtschaftstradition vorbei. Viele Generationen von Beckenbrauern mit dem Doppeltalent des Bäckers und Bierbrauers hatten hier vor der Stadtmauer die Wirtschaft geführt. Es war beileibe keine feine Gegend. Einfache Handwerksleute, Fuhrleute, Kutscher und Knechte verkehrten hier und sorgten außerhalb der Stadt für reichlich Umsatz. Das Eckhaus mit dem anheimelnden Fachwerk hat seinen Namen von dem Wirt Paulus Schoberth, der hier in der zweiten Hälfte des 19. Jahrhunderts ausschenkte.

Ins Gerede kam der „Eck-Schoberth" nach dem Zweiten Weltkrieg. Die Wirtschaft sank auf das Niveau einer Animierkneipe herab, die vor allem US-Soldaten magisch anzog. Fast täglich musste die Stadtpolizei anrücken, zum Beispiel, weil der „Ross'n Hans", so wurde erzählt, eine „Musikbox aus dem Fenster geschmissen hat".

Der Stadthistoriker Bernd Mayer stellte fest: „Es bleibt ein Rätsel, warum ausgerechnet drei uralte Beckenwirtschaften, nämlich neben dem ‚Eck-Schoberth' noch das ‚Rheingold' (später ‚Lindenstuben') und das ‚Weiße Rössl' an der Ecke Erlanger Straße/Kulmbacher Straße so völlig aus der Art schlugen. Viele Bayreuther machten jedenfalls nachts einen Bogen um das merkwürdige Vergnügungsviertel mit dem fränkischen Bier-Ambiente."

So fiel es vielen Stadtvätern wohl auch gar nicht schwer, dem Abbruch dieses historischen Viertels mit den historischen Häusern zuzustimmen. Das „Weiße Rössl", die Bäckerei Hammon und die Gaststätten „Unteres Tor" und „Lindenstuben" fielen für den Bau des Stadtkernrings der Spitzhacke zum Opfer. Der Stadtrat hatte sich also freigemacht „von dieser kleinlichen alten Bebauung, die auch die Grundstücke ungünstig nützt ..."

Altbayreuther Bierhistorie, neu belebt

Eine der schönsten Wirtschaften Bayreuths ist der „Mann“ in der Friedrichstraße 23. Der Kult um das Lokal entstand in den 1960er-Jahren unter den ungleichen Brüdern Paul und Christian Mann, zwei Originale: pfiffig und intellektuell-hintergründig der ältere Christian und gutmütig-daab mit verschmitztem Humor der drei Jahre jüngere Paul.

nter Naundorf, genannt nurri.

Die lange Brautradition in der Wirtschaft reicht über 200 Jahre zurück. Im Jahr 1823 besann sich die Bäckerfamilie auch auf die Braukunst. Ihren berühmten Doppelbock mit der sagenhaften Stammwürze von 21 Prozent brauten sie erst in der Löwenbrauerei in der Dammallee und später im Brauhaus an der Erlanger Straße. Im Jahr 1917 stellte sie dann das Backen ein.

Nach dem Zweiten Weltkrieg übernahmen Paul und Christian Mann das Lokal und waren als Wirte-Tandem zweieinhalb Jahrzehnte Gastgeber. Akademiker, Studenten, Geschäftsleute, Beamte, Arbeiter und die Schüler aus dem benachbarten humanistischen Gymnasium Christian-Ernestinum liebten die unnachahmliche Atmosphäre mit den blank gescheuerten Holztischen im „Manns-Bräu“. Legendär war der noch heute existierende Stammtisch „Die Manns-Brüder“.

Der Lokalhistoriker und Bürgermeister Bernd Mayer zog seinen Geldbeutel gerne, wenn Christian Mann die Zeche abkassierte: „Für kleinere gastronomische Bemühungen erlaube ich mir, fünf Mark achtzig zu liquidieren.“

Im Januar 1970 segnete Christian Mann das Zeitliche. Im November 1971 verpachtete Paul Mann seine Wirtschaft an Erwin und Margarete Haug. Noch viele Jahre war Paul Mann im Stadtbild und in den Kneipen, wie in der „Funzel“, präsent. Er starb im Frühjahr 1993 als 85-Jähriger. „Mit ihm wird ein besonders würziges Kapitel Altbayreuther Bierhistorie zu Grabe getragen“, hieß es im Nordbayerischen Kurier.

Die Familie Mann hatte in sechster Generation keinen Nachfolger mehr. Paul veräußerte das Gebäude 1990 an das Brauerehepaar Anna und Hans Hacker. Sie belieferten zunächst verschiedene Pächter mit ihrem Bier aus der Altstädter Brauerei Becher. Einige Jahre gab es in der Friedrichstraße 23 italienische Pizza und Pasta im „Mamma Rosa“, ehe Hans Hacker 2018 die alte Manns-Bräu-Tradition wieder aufleben ließ.

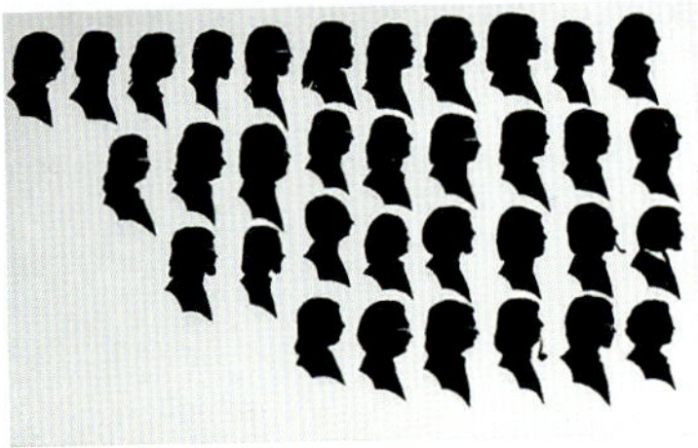

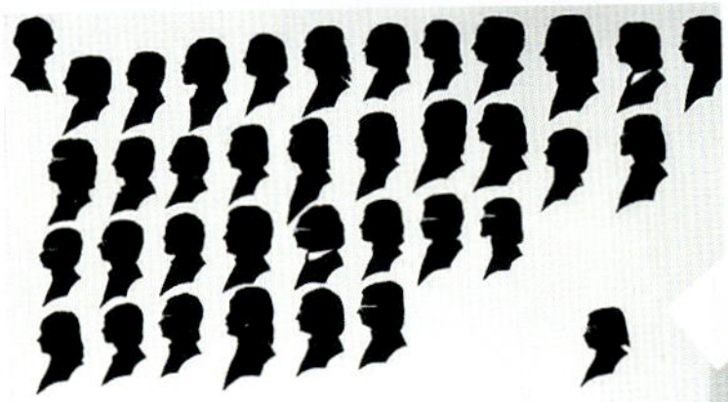

Schnurris Scherenschnitte im „Manns Bräu“.

Die Manns-Brüder:
Linke Seite:
Wolf (Zwilling) - Richter Walter - Pitt (Rieß) - Götz Gerd - Tröger Dag - Sepp - Kämpf - Abba - Klaus - Semmi - Lutz - PAUL MANN
Ruckriegel - Ott - Freiberger Herbert - Küfner - Biell - Käff - Werner - Falko – Fred
Gebbi - Lohrber Gerhard - Kolb Werner - (Sachsen-) Beutel - Hartel - Eggers - Winni - Hertel Heiner
Bätz (Günther) - Reis Günther - Volker - Keyl - Schott

Rechte Seite:
PAUL MANN - Gerd - Ruttl - Borges - Horst Felkel - Justus - Baron (v. Waldenfels) - Eggi - Matz - Schlehwein d. Große - Herzog Peter - Träger Alexander
Udo - Hermann (Schlenk) - Zimbo - Defdi (†) - Klötzer - Kreusel Gerhard - Ajax - Pfeffer - Nitzl Erich – Wiff
Gassi - Susi - Lui - Schneck - Lindner Walter - Schlehwein d. Kleine - Löwel - Schröder Thomas
Gagl - Dö - Fips - Pauli - Zieher Erich - Ede

Schnurri mit seinem Äffchen.

Der Scherenschnitt mit den Manns-Brüdern

Hans und Anna ebneten den Weg zurück zur traditionell-fränkischen Brauereigaststätte mit Hausmannskost in uriger Atmosphäre. Auch der Stammtisch der „Manns-Brüder“ kehrte zurück, ist doch klar, wenngleich die Herren seit 1990 in der „Rosenau“ und der „Winkellosalm“ eine mehr als zufriedenstellende Aufnahme gefunden hatten.

Und so saßen die „Manns-Brüder“ wieder unter ihrem großen Scherenschnitt-Bild im „Manns-Bräu“. „Zwei Mark fuffzig hat der Schnurri damals von jedem bekommen“, erinnern sich Peter Herzog und Alfred Nützel. Bei 70 Scherenschnitten waren das für Günter Naundorf 175 Mark. Da konnte er sich wieder sein Bier leisten und damit ein erneutes Lokalverbot wegen Zahlungsunfähigkeit vermeiden. Wer die Idee zu diesem Großauftrag an den Scherenschnittvirtuosen, genannt Schnurri, gehabt hatte, weiß niemand mehr genau. Es könnte der Zahnarzt Detlev Schilling gewesen sein. „Der ‚Defdi‘ hat den Schnurri immer unterstützt und auch später sein Grab gepflegt.“

„Auf jeden Fall musste er ein Vierteljahr lang fast täglich bei uns erscheinen, bis alle ihren Scherenschnitt hatten“, erinnert sich Wolfgang „Gaggl“ Nützel, der auf einem alten Bild mit Paul Mann großformatig an der Wand hängt. „Runtergehandelt hamma na. Er wollte fünf Mark, also das Doppelte.“ Und noch etwas haben die findigen Brüder beim Schnurri, der unermüdlich mit seinem Rhesusäffchen durch das Nachtleben zog, herausgehandelt. Er musste zwei schwarze Bögen übereinanderlegen. Der eine Scherenschnitt sollte zu einem Bild aller Stammtischbrüder zusammengesetzt werden, der andere war für jeden Einzelnen zum Mitnehmen.

So hat der Schnurri also jeden der Manns-Brüder „schwarz auf weiß“ verewigt. Das große Bild, das im Manns-Bräu hängt, hat der Schnurri seinerzeit selbst zusammengeklebt. „Bei mir hat er sich verschrieben“, erinnert sich Walter Neubing. „Statt meinen Spitznamen ‚Schneck' hat er erst ‚Scheck' darunter und dann ‚Schneck' dahintergeschrieben.“ Wenn es um den Schnurri geht, der 1983 mit noch nicht einmal 40 Lebensjahren verstorben ist, kommen schnell ein paar Anekdoten zusammen. „Unerreicht“, so Peter Herzog, „war seine Bürgschaft auf Sächsisch. Für a Seidla Bier trug er Schillers Ballade bis zur letzten Silbe fehlerfrei und voller Inbrunst vor."

Durch die Altstadt

Erlanger Straße: Das Altstadt-Kult-Museum

Endlich war das Sachverständigengutachten da: Im April 2012 präsentierte die Zeitschrift „11 Freunde" Deutschlands magische Fußballorte: „Von der Sportschule Malente bis zum Bayreuther Fanmuseum." Das „Altstadt-Kult-Museum" gehört nach Expertenmeinung also zu den Orten, die ein Fußball-Fan mindestens einmal in seinem Leben besucht haben muss. Na bitte! Der „Kult" als anerkannter Ort der Fußballkultur.

Der HSV und Werder Bremen eröffneten ihre Fußballmuseen im Jahr 2004. Es folgten bis 2015 Schalke 04, Borussia Dortmund, der 1. FC Nürnberg und der FC Bayern München. Und auch der DFB kam 2015 auf die Idee, ein „Deutsches Fußball-Museum" zu eröffnen. Da gab es das „Altstadt-Kult-Museum" schon 19 Jahre. „In der Zeit, in der sich die Profi-Clubs streiten, wer das größte, das schönste oder das multimedialste Fußball-Museum in Deutschland hat, sind wir schon zweimal umgezogen", lachen Marcel Knötzsch und Uwe Glaser.

Sakrale Glaskunst: Der Bayreuther Kult-Fußballer „Manne" Größler im Altstadt-Kult-Museum.

Im Kult Museum nachgestellt: Auf Schneeboden erzielte Uwe Sommerer am 12. Januar 1980 das entscheidende 1:0 für die SpVgg und warf den mit Klaus Augenthaler, Paul Breitner und Karl-Heinz Rummenigge angetretenen FC Bayern München aus dem DFB-Pokal.

Im September 2016 erreichte den „Kult" ein Schreiben, dass die Markgrafenhalle für andere Zwecke renoviert werden müsste. Die Jungs machten sich auf die Suche nach einem neuen Standort und fanden eine echte Traditionsstätte. Seit Juli 2017 residiert der „Altstadt-Kult" in der Erlanger Straße, in dem Gebäude, in dem sich auch das Wirtshaus „Germania", das legendäre Studentenlokal „Pritscherprackl" oder die Musikkneipe „Tandem" befinden – genau zwischen dem Vereinsgelände an der Jakobshöhe und dem Stadion. Viel besser geht es gar nicht!

Der Dino unter den Discos: Das „Frisco"

Am 23. Juli 1921 wurde die SpVgg im „Bamberger Hof", dort wo heute das Tanzlokal „Frisco" logiert, gegründet. Das „Frisco" ist zweifellos der Dino unter den Bayreuther Diskotheken. Das wurde mir spätestens klar, als die SpVgg-Fußballer im Sommer 1971 schon ihr 50. Vereinsjubiläum im „Frisco" feierten. Vorher wurden jedoch Freundschaftsspiele gegen große Gegner wie den FC Sevilla mit Trainer Max Merkel, Aston Villa, den FC Aberdeen oder die Bolton Wanderers absolviert. Nach den Spielen gingen die Altstädter mit den englischen und schottischen Spielern immer noch auf die Piste – logisch!

Das „San Francisco" in der Bamberger Straße.

Mit den Akteuren der Bolton Wanderers ging es ins „Frisco". „Da sind wir so um halb zehn rein. Die haben gesoffen", erinnert sich Rolf Kaul, „als gebe es kein Morgen mehr." In ihrem feuchtfröhlichen Zustand haben sie die Discothek gerockt. „Einer hat mit seiner Jacke Disco-Fox getanzt." Später hat Rolf Kaul mitbekommen, warum die Briten sofort losgelegt haben wie die Feuerwehr: „Die dachten, dass es wie in England um 22 Uhr eine Sperrstunde gibt. So waren sie sehr bestrebt, sich unverzüglich einen Pegel anzusaufen! Die Stimmung steigerte sich noch mehr, als sie hörten, dass sie sich locker auf vier Uhr in der Frühe einrichten können!"

Rund 25 Jahre später war ich selbst im „Frisco". In Erinnerung ist mir aber eine Gerichtsverhandlung, zu der ich als Zeuge erscheinen musste. „Was haben Sie denn beobachtet?", fragte der Richter. „Ich stand vor dem ‚Frisco', als ein BMW vorbeifuhr. Laut grölend warf jemand vom Rücksitz ein Weißbierglas aus dem Fenster, das in hohem Bogen auf der Kühlerhaube eines Autos landete. (Pause.) Dann habe ich die Autonummer des BMW und die des parkenden Autos durchsagen lassen. War übrigens gar nicht so einfach, sich zwei Nummern zu merken", grinste ich. Und dann kam die sehr jugendliche Antwort auf die Rückfrage des Richters, der mich fragte, warum ich das gemacht habe. „Mit Verlaub, Herr Richter", sagte ich, „so eine blöde Frage habe ich überhaupt noch nicht gehört. Weil ich vielleicht möchte, dass dies auch jemand tut, wenn mir oder Ihnen so etwas passiert." Der Richter sagte dann nichts mehr. Ich wurde aus dem Zeugenstand entlassen. Köstlich hat sich aber die Gerichtsschreiberin amüsiert, die sich das Lachen verkneifen musste.

Fasching im Glenk-Saal

Ihren Fasching feierten die SpVgg-Fußballer im Glenk-Saal in der Altstadt. „Wenn ihr den Erlös für euch wolllt, müsst ihr auch wos tun!", ließ man die Spieler wissen. Und so kam es Ende der 1970er-Jahre zu einem echten Novum im bezahlten Fußball. Zweitligaspieler, die sich bei einer Veranstaltung um alles selbst kümmern: Kartenabreißer, Barkeeper, Schankkellner oder Küchenhilfe - alles für die Mannschaftskasse.

SpVgg-Fasching: Sie nannten ihn „Schlangenfuß". An Vorstopper Rolf Kaul kam im Strafraum und an der Tanzfläche keiner vorbei.

Fußball-Ikone Manfred Größler beim SpVgg-Fasching im Glenk-Saal.

Interessant ist auch die Gründungsgeschichte der Brauerei Glenk. Im Frühjahr 1852 hörte der 32-jährige Andreas Glenk aus Gärtenroth bei Mainleus, dass Anna Vogel ihr Wirtshaus in der Altstadt aufgeben wollte. Aufgewachsen in einer Gastwirtschaft mit Metzgerei, nahm er seine Ersparnisse und kaufte das Vogel'sche Wirtshaus und beantragte beim Stadtmagistrat eine „Conzession" für seine „Traiteurwirtschaft". Die wurde prompt abgelehnt, denn ohne Bürgerrecht gab es keine Konzession. Aus der Patsche half ihm sein Bruder. Der Brauer und Bäcker Johann Glenk wurde im Rathaus vorstellig. Der ehemalige Wirt Weber würde die Wirtschaft führen, er selbst liefere Bier und das Brot, ließ er verlauten. Die Konzession wurde erteilt. Andreas heiratete die Försterswitwe Luise Schneider und erhielt das Bürgerrecht. Nach 36 Jahren übergab er 1888 die Wirtschaft an seinen Sohn Richard, der seine „Exportbier-Brauerei Richard Glenk" bis 1909 führt. Insgesamt bestand die Brauerei, bis sie 2012 für den BRK-Ruhesitz abgerissen wurde, fast 150 Jahre.

Durch St. Georgen und die Hammerstatt

Im Dienste des St. Georgener Dursts

Das letzte „Fässla“ mit original Götschel-Bier wurde im Jahr 2000, am Freitag, den 9. Juni, um 21.30 Uhr geleert: Vier Monate nach dem Tod des St. Georgener Bierbrauers und Bäckermeisters Ewald Götschel endete am 10. Februar eine Bayreuther Bier-Ära. Es war ein Abschiedsabend voller Wehmut, aber auch voll dankbarer Erinnerungen. Ewald Götschels Witwe Hansi kümmerte sich liebevoll um die noch einmal versammelten Stammgäste, die sich der (bier)kulturgeschichtlichen Bedeutung dieses Abends voll bewusst waren. „Heute ist der Ewald zum zweiten Mal gestorben“, seufzte damals Stadtrat Ernst-Rüdiger Kettel, der heimliche Bürgermeister von St. Georgen, bedeutungsschwer. Der „Brannaborcher Borchermaster“ hielt eine kleine Ansprache und betonte, dass der Ewald „zur Bekämpfung des gewaltigen St. Georgener Dursts ein halbes Jahrhundert Wesentliches geleistet hat“.

Der Lokalhistoriker und (echte) Bürgermeister Bernd Mayer erinnerte daran, dass Ewald die Bäckerei und die Brauerei von Vater Fritz übernahm und sich „viele Jahre in den beiden namhaften Künsten“ übte, bis er 1961 die Bäckerschürze an den Nagel hängte und sich ganz dem Brauen widmete. Bernd Mayer: „Alle paar Wochen, ganz nach Bedarf, braute er zwischen 45 um 50 Hektoliter Beckenbier. Zur letzten Reife gelangte das Gebräu dann in Götschels Felsenkeller, bevor es den Weg allen Bieres ging.“ Bis zu diesem denkwürdigen Freitagabend reichte Götschels würzige Hinterlassenschaft als Bierbrauer, dann war das letzte „Seidla“ ausgetrunken und zum Abschied schmetterten alle letztmals das Lied: „Ja der Dorscht, ja der Dorscht, ja der Brannaborcher Dorscht ...“

Vier Originale im Gasthof Götschel in St. Georgen: (von links) Bäcker und Brauer Ewald Götschel, Journalist und Bürgermeiser Bernd Mayer, Tagblatt-Redaktionsleiter Erich Rappl und der langjährige Stadtrat und „Brannaborcher Borchermaster" Ernst-Rüdiger Kettel.

Der Nüsslasfresser

Im Jahr 1974 erlebte der „Hammerstätter Hof“ einen geradezu sensationellen Aufschwung. Vor allem am Samstagvormittag. Damals wurde die neue 2. Bundesliga gegründet und die SpVgg Bayreuth in die 2. Liga Süd einsortiert. Nachdem das eigene Stadion auf der Jakobshöhe zu klein geworden war, zogen die „Altstädter“ in das Städtische Stadion mit einer nagelneuen Tribüne um. Ein Segen für das benachbartee Wirtshaus, das von den Einheimischen nur kurz „Tucher“ genannt wurde.

An die Zeit kann ich mich gut erinnern. Der Tagesablauf bei Heimspielen sah dann regelmäßig so aus, dass Vater und ich gegen 10 Uhr im „Tucher“ in der Friedrich-Ebert-Straße auftauchten. Er spielte Schafkopf, ich trieb mich mit anderen Jungs in der Hammerstatt herum, kam aber regelmäßig in die bis auf den letzten Platz gefüllte Kneipe zurück, um mir aus'm Kartschüssala vom Papa ein paar Zehnerla zu stibitzen. Die investierte ich, um Nüsschen (am liebsten die mit dem roten Zuckerguss) aus diesen furchtbaren Kästen zu drehen. „Der Nüsslasfresser kummt widda“, war die gängige Bemerkung der Schafkopfkollegen meines Vaters. Zum Spielbeginn ging's „ninda“ ins neue Städtische Stadion. In der 2. Liga Süd sahen wir traditionsreiche Gegner wie den VfB Stuttgart, den KSC, 1860 München und natürlich die fränkischen Derbys gegen den 1. FC Nürnberg, Bayern Hof, die SpVgg Fürth oder Kickers Würzburg. Wenn die Löwen aus München oder die Clubberer aus Nürnberg kamen, vesammelten sich immer fast 15.000 Zuschauer im neuen Stadion. Und wenn die Altstadt siegte, ging's hinterher zurück zum „Tucher“ ...

STAMMTISCH-GESCHICHTEN

Die zwölf Apostel im Bauernwärtla

Einer der volkstümlichsten Wirte mit langem Nachruhm war das Bauernwärtla seligen Andenkens. Das Bierlokal, das Georg Bauer um 1900 eröffnet hatte, ist in der Sophienstraße bis heute ein Begriff. Stadtbekannt wurde er nicht nur durch sein Bier, das er oft mit zweifelhaften Essenzen anreicherte, sondern durch seine Sprüche. Einem Gast aus nördlicheren Gefilden, der ein „kleines Blondes“ verlangte, erwiderte er: „Jetzt wart'st bist mehr Dorscht host, und dann drinkst a ganz Seidla.“ Um die Jahrhundertwende waren im Bauernwärtla die „zwölf Apostel“, bärtige Stammtischveteranen mit täglicher Präsenz, und die Bayreuther Turner zu finden.

Das Skelett im Braunbierhaus

Das älteste Bayreuther Haus ist das „Nankenreuther Burggut“. Der älteste Teil im „Braunbierhaus“ mit den meterdicken Mauern und Gewölben geht auf das Jahr 1250 zurück. Aus den 1930er-Jahren existiert ein Zeitungsausschnitt mit einer etwas gruseligen Überlieferung. Als um 1900 ein neuer Mieter einziehen wollte, konnte man seine Möbel nicht durch den niedrigen Hausflur schaffen. Darauf wurde der enge Gang nach oben erweitert. Als man das Mauerwerk löste, entdeckte man hohlraumförmig eingelagert ein vollständiges Skelett, das mehrere hundert Jahre alt war. Der grausige Fund wurde sogleich mit einem Burgvogt, der vom Nürnberger Burggaf wegen Mordes bestraft wurde, in Verbindung gebracht. Ob das Skelett von diesem Ermordeten stammt, wird nicht mehr herauszufinden sein.

Gassenviertel und Bermuda-Dreieck

Eine Altstadt wie in Düsseldorf, Bamberg der Heidelberg gibt es in Bayreuth nicht. Hier heißt es das Gassenviertel. Die Altstadt gibt es in Bayreuth schon auch als einen Stadtteil, der nach der früher eigenständigen Stadt Altenstadt benannt ist.

Peter Berneth und Ronny Frank

Im Gassenviertel gibt es jede Menge Lokale und ein griechisches Restaurant, das „Plaka“ (nach der Altstadt Athens) heißt und seit über 30 Jahren von der Familie um Efi und Panos Karypidis betrieben wird. Das Restaurant befindet sich seit 1988 in einem der ältesten Gebäude, im „Unteren Bad“. Wo es heute griechisch-mediterrane Spezialitäten gibt, wurde früher vor den Sonn- und Feiertagen gebadet.

Am „Plaka“ beginnt für viele Studenten das „Bermuda-Dreieck“. Direkt nebenan sorgten erst Jean-Michel Morand-Danrez und später Stephanie Blandin und Cedric Ray im „Miamiam Glouglou“ für französiches Flair, schräg gegenüber gab es im „Vino Domus“ (später „Orange Elephant“ und „Phone Box“) Wein, Drinks und den „Kraftraum“. Einmal rum ums Eck warteten das „Underground“, das „Römer-Bierstüberl“, die „Trattoria via Romana“, das „Florian“ und das „Gotts“, das „Römer-Eck“, das „Rosa-Rosa“ und „Kilians Irish Pub“ auf ihre Gäste.

Blick in die „U-Bahn“ im „Underground“.

Herrliche Szenen spielten sich bei Fußball-Übertragungen ab. Griechenland, Frankreich, Italien, Irland. Es gab kaum eine Europameisterschaft, bei der es nicht zu heißen Begeg-

Das „Rosa Rosa“ am Ende der Römerstraße.

s „Underground“ in der von-Römer-Straße.

nungen zwischen den Fan-Lagern im Bermuda-Dreieck kam – freundschafliche versteht sich.

Eine beliebte Kneipe für alle Nachtschwärmer war das „Underground“ in der von-Römer-Straße 15, geführt von Ronny Frank und Peter Berneth. Sie machten aus den Szenekneipen „Tutti Frutti“ und „Valentino“ ihr „Underground“ mit einer U-Bahn im Kellergewölbe. Nach Ronnys Tod, der vorher das „Monsieur“ geführt hatte, leitete Peter das Lokal allein. Dort trafen sich Nachtschwärmer, Billardspieler, Heteros, Homosexuelle und Wagnerianer. Im Festspielhaus sprach es sich schnell herum, dass Peter nicht nur ein „Wagner-Kenner“ war, sondern etliche Raritäten auf Platten hatte, die er auch auflegte. So verging in der Festspielzeit nicht nur eine Nacht, in der bis in die frühen Morgenstunden gefachsimpelt wurde.

Tragischer hätte es Anfang 2012 für das Bayreuther Nachtleben nicht kommen können. Innerhalb weniger Wochen starben Peter Berneth und Gerd Herold, der nur ums Eck seine Disco-Bar „Sophies“ führte. Aus dem „Sophies“ wurden Wohnungen, Peters „Underground“, das er 30 Jahre geführt hatte, heißt heute „Römers XV“.

Ganz am Ende der Römerstraße befindet sich seit Jahrzehnten das „Rosa Rosa“. Eine Kneipe gibt es dort bereits seit 1970, der Name „Rosa Rosa“ taucht erstmals 1983 auf. Pächterin war Eva Türk, ehe Jean-Michel Morand-Danrez und später Thomas Schuppe und Andreas Wohlrab die Kultkneipe übernahmen. Direkt daneben war die „Schaschlikstube“ (1963 bis 1974), die irgendwann zur Pizzeria „Don Camillo“ wurde. Vor der Pizza wurde an riesigen Spielautomaten (Einwurf eine Mark) fleißig „Pac-Man“ oder „Donkey Kong“ (mit Super Mario) gespielt. Schaschlik gab es in diesem Lokal nicht mehr. Dem „Don Camillo“ folgte irgendwann der „Harlekin Grill“. Heute werden dort im „Himalaya“ fernöstliche Speisen serviert.

Francesco Marino – Vom Pizzaservice zum Großgastronom

Das hatte sich Francesco Marino ganz anders vorgestellt. Unmittelbar bevor er sein „Royal“ eröffnete, wurde die Telemannstraße wegen einer Baustelle für Monate gesperrt. Am Tag der Eröffnung im Juni 1969 hatte er einen Umsatz von 2,50 Mark und auch in den nächsten Tagen kamen kaum Gäste. Da erzählte ihm ein Freund, dass er belegte Brötchen bei der US-Army verkauft: „Mensch, macht das doch mit Pizza!“ Gesagt, getan. Franco gründete den ersten Pizzaservice in Bayreuth. Angefangen hat er mit 40 Pizzen am Tag. Doch bald kam er mit den Bestellungen kaum hinterher.

In seinem Buch „Cameriere, Cameriere! Ich wollte ein Vogel sein“ beschreibt Franco Marino, dass er jeden Abend einen Umsatz von gut 2000 Mark hatte, so viel wie vorher im ganzen Monat nicht. „Das war sensationell!“, befand er.

Die Zeitung berichtete über den Pizzaservice. Mit einem Schlag war der Erfolg da und bald brummte auch das „Royal“. Eines Tages hörte er, dass gleich nebenan eine Pizzeria aufgemacht werden sollte. „Das wollte ich verhindern, mietete den Laden und bot ab 1972 im ‚Piccadilly‘ Grillspezialitäten an.“ Doch gleich der erste Gast fragte nach Pizza: „Nein, Pizza gibt es drüben im Royal.“ Die ständige Nachfrage aber blieb und so schaffte er einen Pizzaofen für das „Piccadilly“ an: „Die Kunden bestimmen, was zu tun ist.“

Das traf auch auf sein drittes Lokal zu. Francesco hatte eine alte hölzerne Weinpresse ersteigert und eröffnete „Die Traube“ – ein Weinlokal mit gehobener Küche. Nachdem das Angebot in der „Bierstadt“ Bayreuth nicht angenommen wurde, wurde daraus das Lokal „Die Quetschn“. Dort gab es (auch) Bier, Gyros aus der Pfanne und Pizza bis drei Uhr morgens. Nun brummte auch der dritte Laden im Hof des Ring-Hochhauses. Im selben Gebäude übernahm er das „Panorama“ und veranstaltete über den Dächern von Bayreuth mit dem „Metropol“ regelmäßig Abende für „einsame Herzen“. Zudem pachtete er das Schlosshotel Thiergarten und kaufte das Hotel Reichsadler gegenüber dem Hauptbahnhof. Francesco Marino war zum Großgastronom geworden und hat die Bayreuther Gastronomie ein Viereljahrhundert geprägt.

In seinem Buch erzählt er von seinem Elternhaus in den Abbruzzen, von der Hotelfachschule in Roccaraso und seinen Jobs als Cameriere in Davos, Zürich und München – lustige und weniger lustige Geschichten. So kam ein Pizzaofen, den er in Italien bereits angezahlt hatte, einfach nicht in Bayreuth an. Er landete in Beirut!

„Das ist Richard Wagner auch passiert“, lachte Winifred Wagner: „Der ‚Siegfried-Drache‘ wurde 1876 von London aus auch in den Libanon geschickt.“ Die Schwiegertochter von

Richard Wagner war bis zu ihrem Tod im April 1980 Stammgast im „Reichsadler“. Francesco Marino erzählt, dass er sogar einen Schlüssel für ihre Wohnung in der Villa Wahnfried hatte. Weniger lustig waren Drohanrufe, die er in seinem Buch ebenfalls beschreibt. Körperliche Angriffe blieben nicht aus und einmal musste die Polizei das „Royal“ mitten in der Festspielzeit wegen einer Bombendrohung räumen. Eine Fangschaltung brachte den Anrufer schließlich hinter Schloss und Riegel.

Anfang der 1980er-Jahre hatte Francesco Marino 130 Mitarbeiter: „Ich war immer unter Strom, das forderte seinen Tribut.“ Aus gesundheitlichen Gründen begann er sich zurückzuziehen. Der Verkauf des Hotels 1982, in das er viel Herzblut und Geld investiert hatte, fiel ihm nicht leicht. Es wurde in „Königshof“ umbenannt. Kurz danach verkaufte er auch das „Piccadilly“ an seinen Mitarbeiter Raffaele Billiani, trennte sich vom „Metropol“ und schweren Herzens vom „Royal“. Zuletzt, im Jahr 1994, verkaufte er die „Quetschn“.

Die Maus auf der Pizza

Für den neuen Pächter Raffaele Billiani führte eine anfängliche Katastrophe im „Piccadilly“ zu einer riesigen Solidariätskundgebung. „Mama Mia, eine Maus auf der Pizza“ lautete eine fett gedruckte Überschrift in der BILD-Zeitung. Doch dann passierte etwas Kurioses. Die Bayreuther ließen „ihr Piccadilly“ nicht im Stich, sondern sorgten wochenlang für ein volles Haus bei Raffaele und Albina Billiani. Die Lebensmittelüberwachung, die die Küche auf den Kopf gestellt hatte, gab über die Tageszeitung schnell Entwarnung. Alles sauber und in Ordnung im „Piccadilly“.

Aber was war denn um Gottes willen passiert? Ein winziges Mäuschen, un piccolo topolino, verirrte sich beim itaienischen Zulieferer in eine große Peperoni-Konservendose und nahm selbst die grüne Farbe an. Der treue Pizzabäcker Alberto belegte seinen Teig wie immer mit flinken Händen, so dass das „piccolo topolino“ auf einmal durchgebacken auf einer

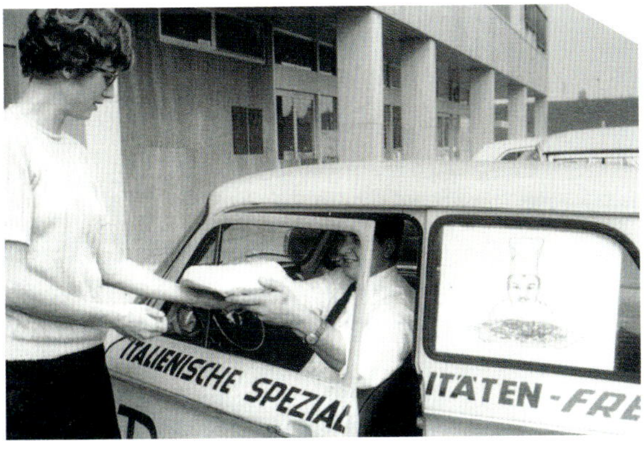

Der erste Pizza-Service startete am „Royal“.

In seinem Buch „Cameriere, Cameriere!“ beschreibt Francesco Marino das Nachtleben in Bayreuth.

Pizza Mista lag. Wie Alberto hatte dies auch der junge Gast nicht bemerkt. Er hatte sich bereits die halbe Pizza schmecken lassen, als er auf einmal stutzte. Die Eltern ließen sich den Rest „zur Beweissicherung“ einpacken.

„Dankerrscheijn und Wirrseijn“

Die italienischen „Gastarbeiter“ sollten eigentlich nur vorübergehend bleiben. Gott sei Dank kam alles ganz anders! Sie brachten mit ihren Lokalen nicht nur Cappuccino, Spaghetti, Pizza und Pasta mit, sondern auch ein neues Lebensgefühl. Und natürlich die jungen Bedienungen, die in den Eisdielen immer so nett „Dankerrscheijn und Wirrseijn“ riefen.

Die ersten Italiener in Bayreuth waren Alfredo Aquenza, Franco Marino, sein Kellner Raffaele Billiani oder die Eisspezialisten Alberto Faldon und Franco Sartori. Sie alle haben dafür gesorgt, dass die Stadt mit Leben erfüllt wurde – grazie mille!

Ihr Heimatland liebten sie alle trotzdem noch. Natürlich! Und natürlich drückten sie auch alle den Fußballern der Squadra Azzurra die Daumen. Beim Vereinsfußball erlebten wir bei Alfredo Aquenza allerdings eine Überraschung. Obwohl er gebürtiger Mailänder ist, ist er schon seit seiner Schulzeit Fan von Juventus Turin.

Ein Glücksgriff gelang Franco Marino allerdings mit der Anstellung eines Slowenen. Dušan Skof, der als flinker und höflicher Kellner mit sensationellen Kopfrechenkünsten begeisterte und sich später mit den „Holländer-Stuben“ selbstständig machte.

BRAUEREI-GESCHICHTEN

Becher Bräu Bayreuth

Im Bierkeller der Becher Bräu reift das Bier bei 2° C im Schnitt sechs Wochen lang, bis es Johnny Hacker an seine treuen Gäste ausschenkt. Er steht heute an der Spitze einer mehrere Jahrhunderte überdauernden Gastwirts- und Brauertradition. Im Jahr 1781 benennt erstmals eine Quelle das Anwesen in der Nikolausstraße 25 als Brau- und Ausschankstätte und macht damit die Becher Bräu zur ältesten bestehenden Brauereigaststätte Bayreuths. Wichtig war von Anfang an die enge Bindung zwischen der Brauerei und der Gaststätte bzw. dem Brauer und seinen Gästen. Diese Tradition hat sich bis heute erhalten. Bezeichnend hierfür steht das sogenannte Stammkundenkrugschränkchen gleich im Eingangsbereich. Hier finden sich in 75 abschließbaren Fächern Bierkrüge von Stammgästen. Gegen zehn Euro Jahresgebühr kann man hier seinen Krug aufbewahren, um beim Besuch der Gaststätte daraus zu trinken. Das beliebteste Bier ist mit Abstand das „Kräußen-Pils“. Das spritzig-süffige Bier macht ein Drittel der Produktion der Brauerei aus und kann damit als deren Verkaufsschlager bezeichnet werden. Benannt ist es nach den typischen Schaumgebilden aus Eiweiß und Bitterstoffen, die sich bei der Gärung an der Oberfläche des Gärbottichs bilden, den sogenannten Kräußen.

Dušan und die Holländer-Stuben

Am Silvestertag 2010 erklangen in den „Holländer-Stuben" das letzte Mal die Sektgläser. Eva und Dušan Skof prosteten der Runde zu: „Ein gesundes und glückliches neues Jahr!" Es war der letzte Abend in dem Balkanrestaurant in der Nibelungenstraße. Eine Bayreuther Gastronomie-Tradition war zu Ende gegangen. Nach 29 Jahren in der Küche und hinter dem Tresen verabschiedeten sich Eva und Dušan bei ihren Gästen: „Eigentlich hätten es 30 Jahre werden sollen, aber das Haus wurde verkauft und der neue Eigentümer wollte keine Gastronomie mehr."

Also wurde die Küche leergeräumt, Gläser, Geschirr und Besteck und die Gästebücher mit den vielen Einträgen von berühmten Sängerinnen und Sängern wanderten in Kisten und Kartons. Mit besonders viel Wehmut hängte Dušan die vielen Bilder ab. Fotos der Festspiel-

Am Fuße des Grünen Hügels waren die „Holländer-Stuben".

Dušan Skof

künstler, die hier Stammgäste waren. Fast drei Jahrzehnte kamen sie vom Festspielhügel in sein Balkanrestaurant, bestellten die Speisen mit Djuwetschreis oder die berühmte Forelle mit Knoblauchsauce und alle genehmigten sich am Ende einen Sliwowitz mit Honig. Das galt natürlich auch für die Festspielgäste, die die einstündigen Pausen nutzten, um zu den „Holländer-Stuben" am Fuße des Grünen Hügels zu spazieren. Dušan war darauf vorbereitet, viele hatten schon ihre Wünsche vor der Vorstellung mitgeteilt und bekamen die vorbestellten Speisen mir ihrer Ankunft auf den Tisch. Er selbst war nur einmal im Festspielhaus: „Tristan und Isolde". In der zweiten Pause traf er ein bekanntes Ehepaar, das sich eine Karte teilte. Anschließend durften sie beide rein. „Ich habe ihnen meine Karte gerne weitergegeben. Wagners Musik ist nichts für mich!"

Ein paar Jahre hat es schon gedauert, bis sich Dušan in Bayreuth selbständig machte. Begonnen hatte alles 1967 mit einem Brief. „Pozdrav Dušan, tukaj je Brane. Bi šel z mano v Bayreuth?" Die Eltern von Branko Tomišek, der in der Sophienstraße das Balkan-Restaurant „Bei Brane" führte, schrieben Dušans Eltern in Slowenien an. Dušan war damals 21 Jahre alt und überlegte nicht lange, hatte er doch bereits Ausbildungen zum Koch und Kellner absolviert.

Fast alle aus seiner großen Verwandtschaft waren in der Gastronomie tätig. Er hat bei seiner Tante in Graz gekellnert und dabei seine Deutschkenntnisse aus der Schule aufgebessert. 1967 zog er schließlich nach Bayreuth, heiratete ein Jahr später seine Eva und wurde 1969 Vater der Zwillinge Alanka und Nicki. Weil er als frischgebackener Familienvater Geld verdienen musste, nahm er 1970 das Angebot von Francesco Marino an, als Kellner in der neuen Pizzeria „Royal" zu arbeiten.

Auch wenn es Pizza schon einige Zeit bei Alfredo Aquenza im „Luculluskeller" in der Maxstraße 30 gegeben hatte, begann der Bayreuther Siegeszug des italienischen Nationalgerichts zweifellos im „Royal". Nur wenig später eröffnete Francesco Marino seine zweite Pizzeria „Piccadilly" ebenfalls im Hof des Ring-Hochhauses.

Den Erfolg hatte er dabei auch Dušan Skof zu verdanken. Als „schnellster und freundlichster Kellner der Stadt" war er mit Anzug, Weste und Fliege schon eine Attraktion für sich. Dank seines unglaublichen Gedächtnisses brauchte er keinen Block und Stift, rechnete beim Bezahlen die Gesamtsumme sekundenschnell im Kopf und wurde so zum Gesprächsthema in der Stadt.

Dann kam 1981 das Angebot, die „Holländer-Stuben" zu übernehmen: „Meine Eva war Chef, ich ihr Angestellter", lacht er, „denn Anfang der 1980er-Jahre bekam man als ‚Jugo' keine Konzession." Fast 30 Jahre waren die „Holländer-Stuben" ein In-Lokal in der Festspielstadt - bis zum Silvestertag 2010.

Ganz vom Herd konnte Dušan aber auch später nicht lassen. Bei seinem Freund Ingo Froese hieß es ein-, zweimal im Jahr „Dušan kocht im Café Florian". Die Begeisterung war groß, die Nachfrage riesig, sodass daraus immer eine „Dušan-Woche" wurde, zehn Jahre lang. Sie fand zunächst in der Dammallee in der „Winkellosalm", die zum „Café Florian" gehörte, statt und nach dem Umzug in der Badstraße.

Mit Wolfgang Fiebich in der Hängematte

Über zwanzig Jahre hat er das Kneipenleben geprägt. Mit dem Namen Wolfgang Fiebich sind die „Hängematte", das „Cyrano" und das „Borracho" verbunden. Im Sommer 1990 eröffnete er das „Borracho", das die älteren Semester noch als „Tanzkeller" oder „Jazz-Keller", und die jungen unter „Mia Klub" oder „Hertz" kennen. Begonnen hat aber alles in der Hängematte in der Badstraße. Zusammen mit seinem Bruder Claus, Matthias Steinacker und ein paar Kumpels übernahm er in den 80er-Jahren die Studentenkneipe, um sein Studium zu finanzieren. Dort hing schon bei seinem Vorgänger eine „Hängematte" mit einer großen Puppe an der Decke. Bei leichten Erschütterungen ging der Blick vorsichtig nach oben. Angeblich soll sie aber nie heruntergefallen sein.

timmung in der „Hängematte".

Wolfgang Fiebich hat erst auf Lehramt studiert, später ein paar Semster Jura, aber verwirklicht hat er sich in der Gastronomie. Nachdem er die „Hängematte" an Gerd Herold und Magoo Härtel abgegeben hatte, machte er aus einem Café in der Königsalle das „Cyrano" und hatte die Idee, die Tapas-Bar „Borracho" im ehemaligen „Jazzkeller" am Pauschenberglein zu eröffnen. Das „Borracho" wurde damals unter die besten 99 Bars in Deutschland gewählt.

Volfgang Fiebich und Matthias Steinacker hinter der heke.

Die Theke in der „Hängematte".

Gerd Herold und Magoo Härtel in der „Hängematte".

Ende 2010 verabschiedete er sich aus der Kneipenszene, ... erst einmal. „Ich habe eine Pause gebraucht", erzählt er, „für die Familie und um neue Ideen zu entwickeln." Sechs Jahre später war er wieder da. An den Scheiben der leeren Eisdiele „Faldon" in der Ladenpassage hing ein Plakat: „Lola - die Pop-Up-Bar". In den Räumen werkelt Wolfgang Fiebich, schraubt Tische aus Europaletten zusammen. Die Sofas stehen schon da und etliche Stühle aus den Kellerräumen. Ein Provisorium, denn die „Lola" wird nur drei Monate geöffnet sein. Getrunken wird aus der Flasche. „Ich möchte zeigen, dass man mit einfachen Mitteln Leben in die Stadt bringen kann."

Die Idee hatte er aus Berlin oder München mitgebracht, wo Gastronomen von Leerstand zu Leerstand ziehen, pachtfrei, weil die Vermieter auf ihre Locations aufmerksam machen wollen. Das Konzept war erfolgreich. Immer wieder baute er seine Europaletten an anderer Stelle auf. Nach dem „Faldon" tauchte die „Lola" im „Römer-Bierstüberl", im „Friedrichs" an der Stadtmauer oder in „Zwines Weinstüberl" in der Spitalgasse auf. An traditonsreicher Stelle, in der ehemaligen Markgrafenbuchhandlung am Sternplatz zog für ein paar Wochen das Pop-Up-Café „Milchbar" ein - genau gegenüber, wo einst die Milchbar vor über sechzig Jahren ihren Siegeszug begann. Seit einiger Zeit ist Wolfgang Fiebich wieder sesshaft. Im „Café Wahnfried" direkt neben dem Richard-Wagner-Museum kümmert er sich um Wagnerianer, Touristen und einheimische Gäste.

STAMMTISCH-GESCHICHTEN

Beim Pütterich am Marktplatz

„Droschkengaul und Jean Paul/Bauernwärtla, Pütt'richs Fickel/Und der gute Stadtrat Pickel/Wer die noch nicht gesehen hat/Der komm' in unsre Festspielstadt." - So lautete das Werbeverslein, das sich schlitzohrige Stammtischbrüder in den 1920er-Jahren zusammenreimten. Die Zeilen lassen ahnen, dass die Gaststätte Pütterich, ebenso wie das legendäre „Bauernwärtla", ein Wirtshaus mit besonderem Lokalkolorit gewesen sein muss. Dort hatte wie so oft ein Bäcker seinen Sitz, der nach alter „Becken"-Sitte sein Doppeltalent als Bierbrauer entfaltete. Die Blütezeit des Wirtshauses endete in den 1950er-Jahren, als das aufkommende Fernsehen der Altbayreuther Biertisch-Gemütlichkeit in der Publikumsgunst den Rang ablief. Endgültig wurde der Bierhahn im Jahr 1962 zugedreht. Zwei Jahre später wurde das spitzgiebelige Eckhaus, das um 1650 errichtet worden war, abgerissen. Trotz heftiger Bürgerproteste musste es einem Neubau der Firma Weigend weichen. Heute können die Bayreuther hier direkt neben der Adler-Apotheke Bettwäsche kaufen.

Das Kneipenfestival

Das „Kneipenfestival“ ist aus dem Bayreuther Kulturkalender nicht mehr wegzudenken. Unter dem Motto „Einmal zahlen – überall live dabei sein!“ ziehen im Oktober Jahr für Jahr über 5000 Musikfans mit ihrem Festival-Bändchen am Handgelenk von Kneipe zu Kneipe. In den letzten Jahren waren das „Bottles“, das „Café Rossi“, der „Kraftraum“, die „Bar am Kirchplatz“, die „Alte Schusterei“, die „Waikiki-Bar“, das „Enchilada“ und „Engin's Ponte“, die „Lamperie“, „Mam Mam Burger“ und das „Liebesbier“ dabei. Dazu kamen Franz & Gloria im Cineplex, das Kulturhaus Neuneinhalb und immer regelmäßig mehrere Bands im Zentrum. 1993 von Manfred Scherer und Eric Waha aus der Taufe gehoben, gehört das Kneipenfestival zu den traditionsreichsten Veranstaltungen der Stadt. Damals waren es zehn Bands, die in zehn Kneipen spielten, alle aus Bayreuth. Heute kommen die Bands aus der ganzen Republik. Die stilistische Vielfalt ist riesig. Von Reggae- und Hip-Hop-Beats über Balladen, Funk, Rock und Soul bis hin zu Brass-Pop mit folkloristischen Elementen. „Tragende Kraft des Festivals sind und bleiben die Bands aus der Region“, sagt Matthias Mayer von der Agentur Motion, die beim Kneipenfestival seit vielen Jahren die Strippen zieht.

Stimmung mit „KoSaLuSt“ im „Café Rossi“ mit Stefan Sammet am Schlagzeug.

Kneipenbummel durch die Stadtgeschichte

Malheur auf dem Heimweg vom Wirtshaus

Gasthöfe, Kneipen und Wirtsstuben gibt es seit Jahrhunderten. Viele Ereignisse in der Stadtgeschichte drehen sich um Wirtshausbesuche. Von einem solchen machte sich der Hofmusikant Georg Carl am späten Abend des 4. Juli 1675 auf den Nachhauseweg. In der Ochsengasse schüttete der junge Vetterlein, wie es halt so üblich war, seinen vollen Nachttopf aus dem Fenster. Der Inhalt traf den Hofmusikanten, der daraufhin seinen Degen zog, in das Haus stürmte und dem Vetterlein eine ordentliche Tracht Prügel versetzte. Drei Tage später, am 7. Juli 1675, wurden mit dem Schneider Rathsam, dem Rathsherren Hirsch, dem Glaser Keck und dem Messerschmidt Fischer vier Zeugen über den Hergang der Schlägerei befragt. Das „Actum“ mit den Protokollen befindet sich im Stadtarchiv. Das Quarett war ins Haus gelaufen, um den Streit zu schlichten, und hatte Carl „uff der Stiegen“ angetroffen. Was er sich um ihn schere, hatte der Georg Carl vom Hirsch wissen wollen. Anscheinend war es dem Ratsherren nicht gelungen, den Musikus zu beruhigen, denn Keck erzählte, dass „Hirsch ihm den Degen genommen habe und dann darnach beede zum Hauß hinaus ihrer Weg fortgangen weren“.

Carneval mit Wilhelmine

Im Jahr 1735 übernahmen der Erbprinz Friedrich und die preußische Königstochter Wilhelmine die Markgrafschaft. Ein Jahr vorher hatten es die jungen Leute sehr zum Unmut des Vaters zur Karnevalszeit im „Komödien- und Redoutenhaus“ krachen lassen. Im Saal waren ein Wald, ein Dorf und ein Gasthof aufgestellt und mit Lampions dekoriert worden. Nach dem Abendessen hatte der Tanz begonnen. Wilhelmine schreibt: *„Alle waren von dem Fest begeistert. Ich war die einzige, die sich langweilte, denn der Markgraf unterhielt mich unaufhörlich mit seinen lästigen Moralpredigten.“* Nachdem das Paar selbst die Regentschaft übernommen hatte, war das kein Thema mehr. Das sehen wir an einer „Markgräflichen Bekanntmachung“ über eine „Carnevalswoche“, die selbst der wohl sehr „konditionsstarken“ Hofgesellschaft einiges abverlangt hat: *„Montag Comödie im Schloß, dienstags Masquerade im Redouten Haus, Mittwoch Comödie im Opernhaus, Donnerstag Masquerade im Redouten-Saal, Freitag Opera und Sonnabend Comödie auf dem Schloß.“*

Achtung: Werbeoffiziere im Goldenen Schwan

Um 1750 gab es in Bayreuth ungefähr zwanzig Gasthöfe. Von Reisenden wurden der „Brandenburger Hof“ an der Rennbahn, das „Weiße Lamm“ und die Herberge „Drei Mohren“ direkt neben der Hochfürstlichen Kanzlei in der Schmiedgasse bevorzugt. Speis und Trank für weniger Geld gab es am Markt im „Goldenen Adler“ oder einem Gasthaus neben der Mohrenapotheke. Aufpassen mussten junge Männer im „Goldenen Schwan“ vor dem Brandenburger Tor, im Volksmund „Zum letzten Heller“ genannt. Dort mieteten sich gerne preußische Werbeoffiziere ein, die volltrunkenen Gästen eine Unterschrift abnötigten. Erst wenn die armen Kerle wieder bei Sinnen waren, merkten sie, dass sie nun als Soldat der Armee des Preußenkönigs angehörten.

Goethes Nacht in der Sonne

Eine gewagte Hypothese stellte Ettore Ghibellino in seinem Buch „J. W. Goethe und Anna Amalia - eine verbotene Liebe“ auf. Nicht die Hofdame Charlotte von Stein soll seine Geliebte gewesen sein, sondern die Herzogin selbst: Anna Amalia von Sachsen-Weimar-Eisenach. Das ist insofern interessant, weil Goethe und Anna Amalia ihre einzige Nacht in Bayreuth im selben Hotel verbrachten. Sie kamen mit dem Weimarer Hofstaat auf der Rückreise von Venedig am 15. Juni 1790 im „Hotel Sonne“ an und hatten „in dem guten Gasthof“ eine „erholsame Nacht“. Ob sie auch das Zimmer geteilt haben, wissen wir nicht. Wenn überhaupt, dann heimlich, war es doch, wenn man Ettore Ghibellino Glauben schenken darf, eine „verbotene Liebe“.

Ludwig tanzt in Bayreuth

Am 11. November 1866 besuchte der bayerische König Ludwig II. die Stadt. Die Bürgerressource veranstaltete im Örtel'schen Gut in der Dürschnitz einen Tanz, auf dem der „Kini“ völlig unerwartet erschien: „Seine Majestät unterhielt sich leutselig mit den jungen Männern und Bürgermädchen, und nahm bis nach Mitternacht rege am Tanz teil.“

Wie die rohesten Kutscher

Im April 1871 kam Richard Wagner, um das Markgräfliche Opernhaus zu besuchen und nahm sich ein Zimmer in der „Sonne“. „In diesem Hotel hatte einst Blücher schon Quartier genommen“, vermerkte Cosima in ihrem Tagebuch. Am nächsten Tag war der Besuch schon *das* Gesprächsthema beim „Hahnenwirt“, im „Anker“, beim „Angermann“ oder in der „Eule“. „Dem Wagner ist das Opernhaus zu klein!“, hieß es, „nun will der bei uns ein Festspielhaus bauen.“ Fragende Blicke und die bange Frage waren das Resultat: „Und wer soll des zohln?“ Cosima hatte einen „lieblichen Eindruck der Stadt“, beschwerte sich aber auch, dass im Saal der „Sonne“ lautstark gefeiert wurde. „Kavaliere gaben ein Fest und benahmen sich wie die rohesten Kutscher.“

Im Rausch der Freude

Ein Jahr später, 1872, wurde Wagner Bürger von Bayreuth. Besonders liebte er die fränkischen Mahlzeiten. Die Anzeigen im Lokalblatt, die „Kren- und Kesselfleisch“ anpriesen, amüsierten Wagner sehr. Den Wein bezog er aus

Richard Wagner (2. v. r.) in der Gaststätte „Angermann".

Würzburg, das geliebte Weihenstephaner Bier trank er für 18 Pfennige im „Seidla" im rauchig dunstigen Bierstübchen „Angermann". Dort lag Wagners riesiger Neufundländer Russ quer vor dem Eingang, sodass die Eintretenden lachend über ihn steigen mussten. Umgekehrt störte es den Meister nicht, wenn die Stammtischbrüder oder Militärs mit ihren blauen bayerischen Röcken auf seinem Mantel saßen. In der Festspielzeit saßen *„Prinzen und Prinzessinnen einträchtig neben den einfachen Chorleuten". Die sagten: „In Bayreuth verlebte man die Tage wie in einem Rausch der Freude, der zu beschreiben unmöglich ist."*

Frau Wirtin Babette Angermann schrieb über ihren berühmten Gast: „Wenn es nur halbwegs ging, richtete es mein Mann so ein, dass ein frisches Fass angezapft wurde, wenn Wagner eintrat, was ihn ganz besonders freute. Er hatte ein Stammglas, eigenes Besteck, Messer und Gabel mit Elfenbeingriffen und zwei gute Porzellanteller mit blauen Rändern. Gerne verlangte er „abends Brot mit etwas Schweizer Käse, Wurst, Aufschnitt, Eier oder Schinken".

Natürlich schleppte Wagner seinen Sohn Siegfried auch voller Stolz zum „Angermann". Wie wir Cosima Wagners Tagebüchern entnehmen, durfte „Fidi" schon als Fünfjähriger „ins Bierglas schauen" und im Juli 1879 hat Richard „sehr gelacht", als der Wirt dem Zehnjährigen ein Stammglas bereitstellte. „Gott, einen solchen Jungen bei mir zu haben, der mich Papa nennt, es ist zu schön!", schwärmte Richard Wagner von seinem späten Vaterglück.

Einblicke in das „Kneipenleben" gibt uns auch Luise Adolpha Le Beau. Die Pianistin berichtet überschwänglich von ihrem Bayreuth-Besuch im Jahr 1883, vom „Parsifal" im Festspielhaus und von ihren Besuchen in Kantine und Kneipe: *„Die Tage vergingen in anregendster Weise". Man zeigte ihr das Festspielhaus und auch das „Konversationszimmer", in dem es sehr lustig zuging, „da einige Gralsritter Ballett tanzten und sich mir Bier stärkten". „Auch bei ‚Angermann', wo die Kellnerin ‚Kundry' gerufen wurde, ging es stets lustig zu. Beim Essen in den Restaurationen wurde nur in Zitaten gesprochen."*

Was bedeutet das? Vielleicht hatte „Kundry" eine Bestellung vergessen, worauf das Lohengrin-Zitat „Wie sonderbar! Träumt sie? Ist sie entrückt?" oder „Bist du verirrt, und soll ich dich weisen?" (Parsifal). Jedenfalls haben sich alle köstlich amüsiert: *„Es wurde immer spät, bis wir nach unserer Wohnung kamen."*

Sammets Musenstübchen, die Künstlerkneipe im Alten Schloss. Der Eingang war am Luitpoldplatz.

Beim Bier kannten die Einheimischen und Festspielgäste keinen Spaß. Im Sommer 1886 war folgende Meldung im Lokalblatt zu lesen: *„Heute wurde uns von einem Besucher der Festspiele mitgeteilt, dass er in einer hiesigen Wirthschaft mit eigenen Augen gesehen habe, wie der Wirth Tropfbier aus einem unter der Reibe stehenden Blechgefäße in aufgestellte Gläser eintheilte und auf diese dann Bier aus dem Fasse laufen ließ. Der betreffende Gast verließ vor Ekel die Lokalität. Er ersuchte uns, den Vorfall öffentlich anzuzeigen. Dies geschieht hiermit, und zwar dies Mal unter Verschwiegenheit des Namens des mischenden Wirtes. Im nächsten derartigen Falle wird der Name zur Warnung für das biertrinkende Publicum ohne Weiteres genannt."*

Angst vor dem Verhungern

Es war schon immer so, dass jeder begeisterungsfähige Festspielgast nach Isoldes Liebestod, Brünnhildes Schlussgesang oder Wotans Abschied etwas essen muss. Besonders drastisch schildert dies Mark Twain, der 1891 das organisatorisch überforderte Bayreuth besuchte. Der Schöpfer von Tom Sawyer und Huckleberry Finn stellte nach seiner Ankunft fest, dass ein harter Kampf um Ess- und Trinkbares entbrannt war: „Man hat schwer zu kämpfen, um sich in Bayreuth vor dem Verhungern zu retten." Im „Goldenen Anker" und in der „Sonne" könne man hervorragend speisen, beziehungsweise „kann man dort zusehen, wie andere hervorragend speisen". Die übrigen Gaststätten wären heillos überfüllt: „Wir mussten täglich ums Überleben kämpfen" und bekamen „in keinem Fall eine ordentliche, zufriedenstellende Mahlzeit". So trat bei Mark Twain das Kunsterlebnis der Festspiele völlig in den Hintergrund. „Unter Wissenschaftlern", schrieb er, „gibt es gemeinhin die Annahme, dass man einen Bayreuth-Pilger – wo immer er auf der Welt begraben liegt – anhand seines Mageninhalts erkennen könne ..."

Mime-Eier und Siegmunds Stangenspargel

Im Jahr 1892 mussten der „Angermann" und das „Weiße Lamm" einem Postgebäude weichen. Christian Sammet nutzte die Gunst der Stunde und holte das Angermann'sche Inventar über die Straße in sein Lokal im Alten Schloss. Für die nächsten 16 Jahre war sein berühmtes Musenheim das „Absteigequartier der Herren Bühnen-Weihe-Festspielgäste". Die Sängerelite tummelte sich in „Sammets Musenstübchen". Sie bekamen „Wotan-Schinken", „Hundings-Keulen" und „Evchen-Kotelett" serviert. Besondere Spezialitäten waren „Mime-Eier" und „Siegmunds Stangenspargel". Mit dem Ende des Musenstübchens begann 1908 der Aufstieg der „Eule". Der neue Festspielleiter Siegfried Wagner erkor das ehrwürdige Traditionslokal, das schon sein Vater besucht hatte, zu seiner Stammkneipe.

Puccini im Anker

Ein gefährliches Spiel betrieben Giacomo Puccini und Josephine von Stengel, als sie sich im Sommer 1912 im Hotel „Goldener Anker" ein Zimmer nahmen. Beide, der 53-jährige Italiener und die 26-jährige Baronin aus München, waren verheiratet, aber nicht miteinander. Eine heimliche Affäre. Das Paar meldete sich als „Grave, Avocatto, Turin, begleitet von Giovani, Agloria" an. Natürlich war Puccini bekannt und wurde erkannt. Ein Landsmann wies Cosima Wagner auf den berühmten Gast im Zuschauerraum hin. Die freute sich und bat ihn in ihre Loge. „Per l'amor di Dio" - um Gottes willen. Puccini in Begleitung in der Wagner-Loge! Puccini leugnete heftig, Puccini zu sein, und der Wagnerianer aus Italien verstand, dass hier die Ehre einer Dame auf dem Spiel stand. Er entschuldigte sich bei Cosima: „Ich habe mich geirrt!"

Hochzeit mit Richard und Cosima

Das Hotel Anker gibt es seit 1753. Es wird heute von der Familie Graf in der 13. Generation geführt. Seit fast 300 Jahren beherbergt das Hotel namhafte Gäste aus Kunst, Wirtschaft und Politik. Außer Mark Twain und Giacomo Puccini waren dies zum Beispiel Romy Schneider oder Thomas Mann, der Asterix-Zeichner Albert Uderzo, Loriot und Hape Kerkeling, Bundespräsident Richard von Weizsäcker, die Dirigenten Herbert von Karajan, Richard Strauss, Patrice Chéreau und Arturo Toscanini. Und es gab natürlich auch sehr viele Feiern. So feierte Wagner am 22. Mai 1872 die Grundsteinlegung des Festspielhauses in der „Sonne" und im „Anker" und es gab eine Hochzeitsfeier, zu der sich Richard Wagner selbst einlud. „Nun, Sie werden doch nicht Hochzeit machen, ohne uns einzuladen." Mit diesem Satz, der nicht einmal als Frage formuliert war, kündigte Wagner der Tochter des Bankiers Friedrich Feustel an, zu ihrer Hochzeit zu kommen. Und so erschien er mit Cosima, um der Feier am 19. Juni 1872 im „Hotel Anker" beizuwohnen. Für diesen Mittwoch notierte Cosima in ihr Tagebuch: „Ich sehr unwohl, doch muss man sich aufmachen, Hochzeit von Frl. Feustel im Goldenen Anker; 90 Bayreuther, Tafelmusik, Toasts und schließlich Tanz. Wir sind recht müde, und der Lärm greift mich sehr an."

Skatbrüder für Dirigent gesucht

Der Dirigent Richard Strauss hatte immer einen riesigen Appetit. Wenn er von Winifred Wagner zum Mittagessen eingeladen wurde, ging er vorher gerne in die „Bürgerreuth" und verschaffte sich eine Grundlage. Dabei war die Festspielleiterin doch im Sommer 1934 sehr um die Rundumversorgung des Dirigenten bedacht. Strauss klopfte nach der Probe gerne noch einen Skat. Nachdem er aber meistens gewann und die Musiker immer rarer wurden, die sich von ihm das Geld aus der Tasche ziehen lassen wollten, griff Winifred Wagner ein. Sie stellte nicht nur Berge von belegten Broten und gekühltem Bier zur Verfügung, sondern ersetzte den jeweiligen Mitspielern heimlich den finanziellen Verlust. Somit erschien Richard Strauss immer bestens gelaunt am Dirigentenpult.

Bier holen

Früher mussten die Buben das Bier für den Vater oder den Opa in einer der benachbarten Wirtschaften holen. Die Einheiten in den Gefäßen waren geregelt. Entweder eine Maß (1 Liter), ein „Schimmala“ (0,75 Liter) oder ein „Seidla“ (0,5 Liter). Und natürlich haben alle (!) Buben mal aus der jeweiligen Kanne genippt und am nächsten Brunnen die ursprüngliche Menge wieder hergestellt: *„Hat sich der Opa wieder beruhigt?“ „Noch nicht so richtig“, klagte Helmut mit schlechtem Gewissen. „Na ja, da hast du ihn schon ganz schön blamiert!“ „Was ist denn passiert?“, wollte Onkel Kunz wissen. Die Mutter erzählt: „Helmut hat dem Opa aus dem ‚Backsta‘ ein Schimmala Bier holen sollen. Er hat allerdings einen tüchtigen Schluck gemacht und den Steinkrug mit Wasser aus dem Brunnen aufgefüllt. Leider hat sich der Opa aber beim Wirt über das ‚zu dünne‘ Bier beschwert und gedroht, dass er sein Schimmala* künftig auf der anderen Bahnseite beim ‚Edlen Hirschen‘ holt ...“

(Anmerkung: Das Wirtshaus „Zum grünen Baum“ hieß im Volksmund „Backsta“. Im Oktober 1806 hatte ein junger Mann an dieser Stelle Backsteine auf die einrückenden französischen Truppen geworfen und die Stadtväter in eine heikle Lage gebracht.)

Der Bayerische Hof

Eine Lieblingsgeschichte des Hoteliers Hans Seuss ist die „Sache mit der Feder“, die sein Vater in den 1950er-Jahren im Hotel Bayerischer Hof erlebte. Im Lokal trug eine Dame eine große Feder am modischen Hut, die bei ihren angeregten Gesprächen fleißig in Bewegung blieb. Dies brachte den Dirigenten Hans Knappertsbusch auf die Palme. In seinem bekannt scharfen Ton stellte er dem Hotelier ein unangenehmes Ultimatum: „Entweder verschwindet diese Feder vom Hut oder ich komme nie mehr.“ Eine peinliche Situation. Der Hotelier fasste sich ein Herz, nahm eine Schere und verkündete am Nachbartisch mit charmanter Stimme seinen „Auftrag“. Zum größten Erstaunen willigte die Dame überglücklich ein. Die Feder wurde abgeschnitten und soll ihrer schmachtenden Besitzerin noch lange Zeit als Erinnerung an den großen Dirigenten gedient haben.

Bratwürste und Kneippbad

Seit Jahrzehnten gibt es eine einmalige Pausengestaltung am Grünen Hügel. Im Festspielrestaurant gibt es schon immer Sekt, Lachs, Kanapees und natürlich auch Weißbier und Bratwürste. Die Bayreuther Bratwürste können als Paar im Brötchen gegessen werden und sind nicht so kurz wie die Nürnberger oder so groß wie die Coburger oder fettig wie die Thüringer, was der festlichen Kleidung zugute kommt. Wer in der einstündigen Pause „Wellness und Entspannung“ sucht, kann das nur wenige Schritte entfernte Kneipp- und Sonnenbad besuchen. Im Smoking mit aufgekrempelten Hosenbeinen oder hochgerafftem Abendkleid stapft so mancher Festspielgast während der Pause durch das erfrischende Wasser. Besagtes Freiluftbad, das im März 1900 vom Naturheilverein eröffnet wurde, seviert dazu auch gern die berühmten Bayreuther Bratwürste und „a Seidla“ Bier.

Weitere Bücher über Ihre Region

Stephan Müller/Gordian Beck
Dunkle Geschichten aus Bayreuth
schön & schaurig
80 S., Hardcover, S/W-Bilder
ISBN 978-3-8313-3230-4

Dirk E. Ellmer/Stephan Müller
Bayreuth Farbbildband
deutsch/english/français
72 S., Hardcover, Farbfotos
ISBN 978-3-8313-3610-4

Stephan Müller
Unsere Glücksmomente
Geschichten aus Bayreuth
80 S., Hardcover
ISBN 978-3-8313-3324-0

Susanne von Mach
Geschichten und Anekdoten
aus Franken, Streifzug durch ein
liebenswertes Land
80 S., Hardcover, S/W-Fotos
ISBN 978-3-8313-2971-7

Horst-Dieter Radke
Franken
Schlösser und Burgen
72 S., Hardcover,
zahlr. Farbfotos
ISBN 978-3-8313-3403-2

Susanne von Mach
Neue Fränkische
Weihnachtsgeschichten
80 S., Hardcover,
S/W-Fotos
ISBN 978-3-8313-3011-9

Wartberg-Verlag GmbH
Im Wiesental 1 | 34281 Gudensberg
www.wartberg-verlag.de

Bücher für Deutschlands Städte und Regionen
Tel. 0 56 03-93 05 0
Fax 0 56 03-93 05 28